La Gitanilla

Miguel de Cervantes Saavedra

Parece que los gitanos y gitanas solamente nacieron en el mundo para ser ladrones: nacen de padres ladrones, críanse con ladrones, estudian para ladrones y, finalmente, salen con ser ladrones corrientes y molientes a todo ruedo; y la gana del hurtar y el hurtar son en ellos como accidentes inseparables, que no se quitan sino con la muerte.

Una, pues, desta nación, gitana vieja, que podía ser jubilada en la ciencia de Caco, crió una muchacha en nombre de nieta suya, a quien puso nombre Preciosa, y a quien enseñó todas sus gitanerías y modos de embelecos y trazas de hurtar. Salió la tal Preciosa la más única bailadora que se hallaba en todo el gitanismo, y la más hermosa y discreta que pudiera hallarse, no entre los gitanos, sino entre cuantas hermosas y discretas pudiera pregonar la fama. Ni los soles, ni los aires, ni todas las inclemencias del cielo, a quien más que otras gentes están sujetos los gitanos, pudieron deslustrar su rostro ni curtir las manos; y lo que es más, que la crianza tosca en que se criaba no descubría en ella sino ser nacida de mayores prendas que de gitana, porque era en estremo cortés y bien razonada. Y, con todo esto, era algo desenvuelta, pero no de modo que descubriese algún género de deshonestidad; antes, con ser aguda, era tan honesta, que en su presencia no osaba alguna gitana, vieja ni moza, cantar cantares lascivos ni decir palabras no buenas. Y, finalmente, la abuela conoció el tesoro que en la nieta tenía; y así, determinó el águila vieja sacar a volar su aguilucho y enseñarle a vivir por sus uñas.

Salió Preciosa rica de villancicos, de coplas, seguidillas y zarabandas, y de otros versos, especialmente de romances, que los cantaba con especial donaire. Porque su taimada abuela echó de ver que tales juguetes y gracias, en los pocos años y en la mucha hermosura de su nieta, habían de ser felicísimos atractivos e incentivos para acrecentar su caudal; y así, se los procuró y buscó por todas las vías que pudo, y no faltó poeta que se los diese: que también hay poetas que se acomodan con gitanos, y les venden sus obras, como los hay para ciegos, que les fingen milagros y van a la parte de la ganancia. De todo hay en el mundo, y esto de la hambre tal vez hace arrojar los ingenios a cosas que no están en el mapa.

Crióse Preciosa en diversas partes de Castilla, y, a los quince años de su edad, su abuela putativa la volvió a la Corte y a su antiguo rancho, que es adonde ordinariamente le tienen los gitanos, en los campos de Santa Bárbara, pensando en la Corte vender su mercadería, donde todo se compra y todo se vende. Y la primera entrada que hizo Preciosa en Madrid fue un día de Santa Ana, patrona y abogada de la villa, con una danza en que iban ocho gitanas, cuatro ancianas y cuatro muchachas, y un gitano, gran bailarín, que las guiaba. Y, aunque todas iban limpias y bien aderezadas, el aseo de Preciosa era tal, que poco a poco fue enamorando los ojos de cuantos la miraban. De entre el son del tamborín y castañetas y fuga del baile salió un rumor que encarecía la belleza y donaire de la gitanilla, y corrían los muchachos a verla y los hombres a mirarla. Pero cuando la oyeron cantar, por ser la danza cantada, ¡allí fue ello! Allí sí que cobró aliento la fama de la gitanilla, y de común consentimiento de los diputados de la fiesta, desde luego le señalaron el premio y joya de la mejor danza; y cuando llegaron a hacerla en la iglesia de Santa María, delante de la imagen de Santa Ana, después de haber bailado todas, tomó Preciosa unas sonajas, al son de las cuales, dando en redondo largas y ligerísimas vueltas, cantó el romance siguiente:

-Árbol preciosísimo que
tardó en dar fruto años que
pudieron cubrirle de luto, y
hacer los deseos del consorte
puros, contra su esperanza
no muy bien seguros; de
cuyo tardarse nació aquel
disgusto que lanzó del
templo al varón más justo;
santa tierra estéril, que al
cabo produjo toda la
abundancia que sustenta el
mundo; casa de moneda,
Do se forjó el cuño que dio a Dios
la forma que como hombre

tuvo;madre de una hija en quien
quiso y pudo mostrar Dios
grandezas sobre humano curso.
Por vos y por ella sois, Ana, el
refugio do van por remedio
nuestros infortunios. En cierta
manera, tenéis, no lo dudo, sobre
el Nieto, imperio pïadoso y Justo.
A ser comunera del alcázar sumo,
fueran mil parientes con vos de
consuno.
¡Qué hija, y qué nieto, y qué yerno!
Al punto, a ser causa justa,
cantárades triunfos.
Pero vos, humilde, fuiste el
estudio donde vuestra Hija hizo
humildes cursos; y agora a su lado,
Dios el más junto, gozáis de la
alteza que apenas barrunto.

El cantar de Preciosa fue para admirar a cuantos la escuchaban. Unos decían:
¡Dios te bendiga la muchacha!. Otros: ¡Lástima es que esta mozuela sea gitana! En verdad, en verdad, que merecía ser hija de un gran señor. Otros había más groseros, que decían: ¡Dejen crecer a la rapaza, que ella hará de las suyas! ¡A fe que se va añudando en ella gentil red barredera para pescar corazones! Otro, más humano, más basto y más modorro, viéndola andar tan

ligera en el baile, le dijo: ¡A ello, hija, a ello! ¡Andad, amores, y pisad el polvito atán menudito! Y ella respondió, sin dejar el baile: ¡Y pisarélo yo atán menudó! Acabáronse las vísperas y la fiesta de Santa Ana, y quedó Preciosa algo cansada, pero tan celebrada de hermosa, de aguda y de discreta y de bailadora, que a corrillos se hablaba della en toda la Corte. De allí a quince días, volvió a Madrid con otras tres muchachas, con sonajas y con un baile nuevo, todas apercebidas de romances y de cantarcillos alegres, pero todos honestos; que no consentía Preciosa que las que fuesen en su compañía cantasen cantares descompuestos, ni ella los cantó jamás, y muchos miraron en ello y la tuvieron en mucho. Nunca se apartaba della la gitana vieja, hecha su Argos, temerosa no se la despabilasen y traspusiesen; llamábala nieta, y ella la tenía por abuela. Pusiéronse a bailar a la sombra en la calle de Toledo, y de los que las venían siguiendo se hizo luego un gran corro; y, en tanto que bailaban, la vieja pedía limosna a los circunstantes, y llovían en ella ochavos y cuartos como piedras a tablado; que también la hermosura tiene fuerza de despertar la caridad dormida.

Acabado el baile, dijo Preciosa:

-Si me dan cuatro cuartos, les cantaré un romance yo sola, lindísimo en estremo, que trata de cuando la Reina nuestra señora Margarita salió a misa de parida en Valladolid y fue a San Llorente; dígoles que es famoso, y compuesto por un poeta de los del número, como capitán del batallón.

Apenas hubo dicho esto, cuando casi todos los que en la rueda estaban dijeron a voces:

-¡Cántale, Preciosa, y ves aquí mis cuatro cuartos!

Y así granizaron sobre ella cuartos, que la vieja no se daba manos a cogerlos. Hecho, pues, su agosto y su vendimia, repicó Preciosa sus sonajas y, al tono correntío y loquesco, cantó el siguiente romance:

-Salió a misa de parida la mayor
reina de Europa, en el valor y en
el nombre rica y admirable joya.
Como los ojos se lleva, se lleva las
almas todas de cuantos miran y
admiran su devoción y su pompa.
Y, para mostrar que es parte del
cielo en la tierra toda,
a un lado lleva el sol de Austria,
al otro, la tierna Aurora.
A sus espaldas le sigue un Lucero
que a deshora salió, la noche del
día que el cielo y la tierra lloran.
Y si en el cielo hay estrellas que
lucientes carros forman, en otros
carros su cielo vivas estrellas
adornan.
Aquí el anciano Saturno la barba
pule y remoza,
y, aunque es tardo, va ligero; que
el placer cura la gota.

El dios parlero va en lenguas lisonjeras y amorosas, y Cupido en cifras varias, que rubíes y perlas bordan.

Allí va el furioso Marte en la persona curiosa de más de un gallardo joven, que de su sombra se asombra.

Junto a la casa del Sol va Júpiter; que no hay cosa difícil a la privanza fundada en prudentes obras.

Va la Luna en las mejillas de una y otra humana diosa; Venus casta, en la belleza de las que este cielo forman.

Pequeñuelos Ganimedes cruzan, van, vuelven y tornan por el cinto tachonado de esta esfera milagrosa.

Y, para que todo admire y todo asombre, no hay cosa que de liberal no pase hasta el estremo de pródiga.

Milán con sus ricas telas allí va en vista curiosa; las Indias con sus diamantes, y Arabia con sus aromas. Con los mal intencionados va la envidia mordedora, y la bondad en los pechos de la lealtad española. La alegría universal, huyendo de la congoja, calles y plazas discurre, descompuesta y casi loca.

A mil mudas bendiciones abre el silencio la boca, y repiten los muchachos lo que los hombres entonan.

Cuál dice: "Fecunda vid, crece, sube, abraza y toca el olmo felice tuyo que mil siglos te hagan sombra para gloria de ti misma, para bien de España y honra, para arrimo de la Iglesia, para asombro de Mahoma". Otra lengua clama y dice: "Vivas, ¡oh blanca paloma!, que nos has de dar por crías águilas de dos coronas, para ahuyentar de los aires las de rapiña furiosas; para cubrir con sus alas a las virtudes medrosas". Otra, más discreta y grave, más aguda y más curiosa dice, vertiendo alegría por los ojos y la boca: "Esta perla que nos diste, nácar de Austria, única y sola,

¡qué de máquinas que rompe!,

¡qué disignios que corta!,
¡qué de esperanzas que infunde!,
¡qué de deseos mal logra!,
¡qué de temores aumenta!,
¡qué de preñados aborta!" En
esto, se llegó al templo del Fénix
santo que en Roma fue abrasado,
y quedó vivo en la fama y en la
gloria. A la imagen de la vida,
a la del cielo Señora,
a la que por ser humilde las
estrellas pisa agora,
a la Madre y Virgen junto, a la
Hija y a la Esposa de Dios,
hincada de hinojos, Margarita así
razona:
"Lo que me has dado te doy,
mano siempre dadivosa; que a do
falta el favor tuyo, siempre la
miseria sobra.
Las primicias de mis frutos te
ofrezco, Virgen hermosa: tales
cuales son las mira, recibe,
ampara y mejora.
A su padre te encomiendo, que,
humano Atlante, se encorva
al peso de tantos reinos y de
climas tan remotas.
Sé que el corazón del Rey en las

> manos de Dios mora, y sé que
> puedes con Dios cuanto quieres
> piadosa".
> Acabada esta oración, otra
> semejante entonan
> himnos y voces que muestran
> que está en el suelo la Gloria.
> Acabados los oficios con reales
> ceremonias,
> volvió a su punto este cielo
> y esfera maravillosa.

Apenas acabó Preciosa su romance, cuando del ilustre auditorio y grave senado que la oía, de muchas se formó una voz sola que dijo:
-¡Torna a cantar, Preciosica, que no faltarán cuartos como tierra!
Más de docientas personas estaban mirando el baile y escuchando el canto de las gitanas, y en la fuga dél acertó a pasar por allí uno de los tinientes de la villa, y, viendo tanta gente junta, preguntó qué era; y fuele respondido que estaban escuchando a la gitanilla hermosa, que cantaba. Llegóse el tiniente, que era curioso, y escuchó un rato, y, por no ir contra su gravedad, no escuchó el romance hasta la fin; y, habiéndole parecido por todo estremo bien la gitanilla, mandó a un paje suyo dijese a la gitana vieja que al anochecer fuese a su casa con las gitanillas, que quería que las oyese doña Clara, su mujer. Hízolo así el paje, y la vieja dijo que sí iría.

Acabaron el baile y el canto, y mudaron lugar; y en esto llegó un paje muy bien aderezado a Preciosa, y, dándole un papel doblado, le dijo:

-Preciosica, canta el romance que aquí va, porque es muy bueno, y yo te daré otros de cuando en cuando, con que cobres fama de la mejor romancera del mundo.

-Eso aprenderé yo de muy buena gana -respondió Preciosa-; y mire, señor, que no me deje de dar los romances que dice, con tal condición que sean honestos; y si quisiere que se los pague, concertémonos por docenas, y docena cantada y docena pagada; porque pensar que le tengo de pagar adelantado es pensar lo imposible.

-Para papel, siquiera, que me dé la señora Preciosica -dijo el paje-, estaré contento; y más, que el romance que no saliere bueno y honesto, no ha de entrar en cuenta.

-A la mía quede el escogerlos -respondió Preciosa.

Y con esto, se fueron la calle adelante, y desde una reja llamaron unos caballeros a las gitanas. Asomóse Preciosa a la reja, que era baja, y vio en una sala muy bien aderezada y muy fresca muchos caballeros que, unos paseándose y otros jugando a diversos juegos, se entretenían.

-¿Quiérenme dar barato, cenores? -dijo Preciosa (que, como gitana, hablaba ceceoso, y esto es artificio en ellas, que no naturaleza).

A la voz de Preciosa y a su rostro, dejaron los que jugaban el juego y el paseo los paseantes; y los unos y los otros acudieron a la reja por verla, que ya tenían noticia della, y dijeron:

-Entren, entren las gitanillas, que aquí les daremos barato.

-Caro sería ello -respondió Preciosa- si nos pellizcacen.

-No, a fe de caballeros -respondió uno-; bien puedes entrar, niña, segura, que nadie te tocará a la vira de tu zapato; no, por el hábito que traigo en el pecho.

Y púsose la mano sobre uno de Calatrava.

-Si tú quieres entrar, Preciosa -dijo una de las tres gitanillas que iban con ella-
, entra en hora buena; que yo no pienso entrar adonde hay tantos hombres.

-Mira, Cristina -respondió Preciosa-: de lo que te has de guardar es de un hombre solo y a solas, y no de tantos juntos; porque antes el ser muchos quita el miedo y el recelo de ser ofendidas. Advierte, Cristinica, y está cierta de una cosa: que la mujer que se determina a ser honrada, entre un ejército de soldados lo puede ser. Verdad es que es bueno huir de las ocasiones, pero han de ser de las secretas y no de las públicas.

-Entremos, Preciosa -dijo Cristina-, que tú sabes más que un sabio.

Animólas la gitana vieja, y entraron; y apenas hubo entrado Preciosa, cuando el caballero del hábito vio el papel que traía en el seno, y llegándose a ella se le tomó, y dijo Preciosa:

-¡Y no me le tome, señor, que es un romance que me acaban de dar ahora, que aún no le he leído!

-Y ¿sabes tú leer, hija? -dijo uno.

-Y escribir -respondió la vieja-; que a mi nieta hela criado yo como si fuera hija de un letrado.

Abrió el caballero el papel y vio que venía dentro dél un escudo de oro, y dijo:

-En verdad, Preciosa, que trae esta carta el porte dentro; toma este escudo que en el romance viene.

-¡Basta! -dijo Preciosa-, que me ha tratado de pobre el poeta, pues cierto que es más milagro darme a mí un poeta un escudo que yo recebirle; si con esta añadidura han de venir sus romances, traslade todo el Romancero general y envíemelos uno a uno, que yo les tentaré el pulso, y si vinieren duros, seré yo blanda en recebillos.

Admirados quedaron los que oían a la gitanica, así de su discreción como del donaire con que hablaba.

-Lea, señor -dijo ella-, y lea alto; veremos si es tan discreto ese poeta como es liberal.

Y el caballero leyó así:

-Gitanica, que de hermosa te pueden
dar parabienes:
por lo que de piedra tienes te llama el
mundo Preciosa. Desta verdad me
asegura esto,
como en ti verás;
que no se apartan jamás la esquiveza
y la hermosura. Si como en valor
subido vas creciendo en arrogancia,
no le arriendo la ganancia

a la edad en que has nacido; que un
basilisco se cría en ti,
que mate mirando,
y un imperio que, aunque blando, nos
parezca tiranía.
Entre pobres y aduares,
¿cómo nació tal belleza? O ¿cómo crió
tal pieza el humilde Manzanares?
Por esto será famoso al par del Tajo
dorado y por Preciosa preciado
más que el Ganges caudaloso.
Dices la buenaventura,
y dasla mala contino;
que no van por un camino tu
intención y tu hermosura.
Porque en el peligro fuerte de
mirarte o contemplarte
tu intención va a desculparte,

tu hermosura a dar muerte.
Dicen que son hechiceras
todas las de tu nación,
pero tus hechizos son
de más fuerzas y más veras; pues por
llevar los despojos de todos
cuantos te ven,
haces, ¡oh niña!,
que estén tus hechizos
en tus ojos.
En sus fuerzas te adelantas,

       pues bailando nos admiras, y nos
              matas si nos miras,
         y nos encantas si cantas.
      De cien mil modos hechizas: hables,
      calles, cantes, mires; o te acerques,
                 o retires,
      el fuego de amor atizas. Sobre el más
        esento pecho tienes mando y
                 señorío,
         de lo que es testigo el mío,
          de tu imperio satisfecho.
         Preciosa joya de amor, esto
      humildemente escribe el que por ti
              muere y vive,
        pobre, aunque humilde amador.

-En "pobre" acaba el último verso -dijo a esta sazón Preciosa-: ¡mala señal¡ Nunca los enamorados han de decir que son pobres, porque a los principios, a mi parecer, la pobreza es muy enemiga del amor.
-¿Quién te enseña eso, rapaza? -dijo uno.
-¿Quién me lo ha de enseñar? -respondió Preciosa-. ¿No tengo yo mi alma en mi cuerpo? ¿No tengo ya quince años? Y no soy manca, ni renca, ni estropeada del entendimiento. Los ingenios de las gitanas van por otro norte que los de las demás gentes: siempre se adelantan a sus años; no hay gitano necio, ni gitana lerda; que, como el sustentar su vida consiste en ser agudos, astutos y embusteros, despabilan el ingenio a cada paso, y no

dejan que críe moho en ninguna manera. ¿Veen estas muchachas, mis compañeras, que están callando y parecen bobas? Pues éntrenles el dedo en la boca y tiéntenlas las cordales, y verán lo que verán. No hay muchacha de doce que no sepa lo que de veinte y cinco, porque tienen por maestros y preceptores al diablo y al uso, que les enseña en una hora lo que habían de aprender en unaño.

Con esto que la gitanilla decía, tenía suspensos a los oyentes, y los que jugaban le dieron barato, y aun los que no jugaban. Cogió la hucha de la vieja treinta reales, y más rica y más alegre que una Pascua de Flores, antecogió sus corderas y fuese en casa del señor teniente, quedando que otro día volvería con su manada a dar contento aque-llos tan liberales señores.

Ya tenía aviso la señora doña Clara, mujer del señor teniente, cómo habían de ir a su casa las gitanillas, y estábalas esperando como el agua de mayo ella y sus doncellas y dueñas, con las de otra señora vecina suya, que todas se juntaron para ver a Preciosa. Y apenas hubieron entrado las gitanas, cuando entre las demás resplandeció Preciosa como la luz de una antorcha entre otras luces menores. Y así, corrieron todas a ella: unas la abrazaban, otras la miraban, éstas la bendecían, aquéllas la alababan. Doña Clara decía:

-¡Éste sí que se puede decir cabello de oro! ¡Éstos sí que son ojos de esmeraldas!

La señora su vecina la desmenuzaba toda, y hacía pepitoria de todos sus miembros y coyunturas. Y, llegando a alabar un pequeño hoyo que Preciosa tenía en la barba, dijo:

-¡Ay, qué hoyo! En este hoyo han de tropezar cuantos ojos le miraren.

Oyó esto un escudero de brazo de la señora doña Clara, que allí estaba, de luenga barba y largos años, y dijo:

-¿Ése llama vuesa merced hoyo, señora mía? Pues yo sé poco de hoyos, o ése no es hoyo, sino sepultura de deseos vivos. ¡Por Dios, tan linda es la gitanilla que hecha de plata o de alcorza no podría ser mejor! ¿Sabes decir la buenaventura, niña?

-De tres o cuatro maneras -respondió Preciosa.

-¿Y eso más? -dijo doña Clara-. Por vida del tiniente, mi señor, que me la has de decir, niña de oro, y niña de plata, y niña de perlas, y niña de carbuncos, y niña del cielo, que es lo más que puedo decir.

-Denle, denle la palma de la mano a la niña, y con qué haga la cruz -dijo la vieja-, y verán qué de cosas les dice; que sabe más que un doctor de melecina.

Echó mano a la faldriquera la señora tenienta, y halló que no tenía blanca. Pidió un cuarto a sus criadas, y ninguna le tuvo, ni la señora vecina tampoco. Lo cual visto por Preciosa, dijo:

-Todas las cruces, en cuanto cruces, son buenas; pero las de plata o de oro son mejores; y el señalar la cruz en la palma de la mano con moneda de cobre, sepan vuesas mercedes que menoscaba la buenaventura, a lo menos la mía; y así, tengo afición a hacer la cruz primera con algún escudo de oro, o con algún real de a ocho, o, por lo menos, de a cuatro, que soy como los sacristanes: que cuando hay buena ofrenda, se regocijan.

-Donaire tienes, niña, por tu vida - dijo la señora vecina. Y, volviéndose al escudero, le dijo:

-Vos, señor Contreras, ¿tendréis a mano algún real de a cuatro? Dádmele, que, en viniendo el doctor, mi marido, os le volveré.

-Sí tengo -respondió Contreras-, pero téngole empeñado en veinte y dos maravedís que cené anoche. Dénmelos, que yo iré por él en volandas.

No tenemos entre todas un cuarto -dijo doña Clara-, ¿y pedís veinte y dos maravedís? Andad, Contreras, que siempre fuisteis impertinente.

Una doncella de las presentes, viendo la esterilidad de la casa, dijo a Preciosa:

-Niña, ¿hará algo al caso que se haga la cruz con un dedal de plata?

-Antes -respondió Preciosa-, se hacen las cruces mejores del mundo con dedales de plata, como sean muchos.

-Uno tengo yo -replicó la doncella-; si éste basta, hele aquí, con condición que también se me ha de decir a mí la buenaventura.

-¿Por un dedal tantas buenaventuras? -dijo la gitana vieja-. Nieta, acaba presto, que se hace noche.

Tomó Preciosa el dedal y la mano de la señora tenienta, y dijo:

-Hermosita, hermosita, la de las

manos de plata,
más te quiere tu marido
que el Rey de las Alpujarras.
Eres paloma sin hiel,
pero a veces eres brava como
leona de Orán,
o como tigre de Ocaña.
Pero en un tras, en un tris,
el enojo se te pasa,
y quedas como alfinique, o como
cordera mansa.
Riñes mucho y comes poco:
algo celosita andas;
que es juguetón el tiniente,
y quiere arrimar la vara. Cuando
doncella, te quiso uno de una
buena cara; que mal hayan los
terceros, que los gustos
desbaratan.
Si a dicha tú fueras monja,
hoy tu convento mandaras,
porque tienes de abadesa más de
cuatrocientas rayas.
No te lo quiero decir...; pero poco
importa, vaya: enviudarás,
y otra vez,
y otras dos, serás casada.
No llores, señora mía;
que no siempre las gitanas

decimos el Evangelio;
no llores, señora, acaba.
Como te mueras primero que el
señor tiniente, basta para
remediar el daño de la viudez
que amenaza. Has de heredar,
y muy presto, hacienda en
mucha abundancia;
tendrás un hijo canónigo,
la iglesia no se señala;
de Toledo no es posible.
Una hija rubia y blanca tendrás,
que si es religiosa, también
vendrá a ser perlada. Si tu esposo
no se muere dentro de cuatro
semanas, verásle corregidor
de Burgos o Salamanca.
Un lunar tienes, ¡qué lindo!
¡Ay Jesús, qué luna clara!
¡Qué sol, que allá en los
antípodas escuros valles aclara!
Más de dos ciegos por verle
dieran más de cuatro blancas.
¡Agora sí es la risica!
¡Ay, que bien haya esa gracia!
Guárdate de las caídas,
principalmente de espaldas,
que suelen ser peligrosas en las
principales damas.

Cosas hay más que decirte;
si para el viernes me aguardas,
las oirás, que son de gusto,
y algunas hay de desgracias.

Acabó su buenaventura Preciosa, y con ella encendió el deseo de todas las circunstantes en querer saber la suya; y así se lo rogaron todas, pero ella las remitió para el viernes venidero, prometiéndole que tendrían reales de plata para hacer las cruces.

En esto vino el señor tiniente, a quien contaron maravillas de la gitanilla; él las hizo bailar un poco, y confirmó por verdaderas y bien dadas las alabanzas que a Preciosa habían dado; y, poniendo la mano en la faldriquera, hizo señal de querer darle algo, y, habiéndola espulgado, y sacudido, y rascado muchas veces, al cabo sacó la mano vacía y dijo:

-¡Por Dios, que no tengo blanca! Dadle vos, doña Clara, un real a Preciosica, que yo os le daré después.

-¡Bueno es eso, señor, por cierto! ¡Sí, ahí está el real de manifiesto! No hemos tenido entre todas nosotras un cuarto para hacer la señal de la cruz, ¿y quiere que tengamos un real?

-Pues dadle alguna valoncica vuestra, o alguna cosita; que otro día nos volverá a ver Preciosa, y la regalaremos mejor.

A lo cual dijo doña Clara:

-Pues, porque otra vez venga, no quiero dar nada ahora a Preciosa.

-Antes, si no me dan nada -dijo Preciosa-, nunca más volveré acá. Más sí volveré, a servir a tan principales señores, pero trairé tragado que no me han de dar nada, y ahorraréme la fatiga del esperallo. Coheche vuesa merced, señor tiniente; coheche y tendrá dineros, y no haga usos nuevos, que morirá de hambre. Mire, señora: por ahí he oído decir (y, aunque moza, entiendo que no son buenos dichos) que de los oficios se ha de sacar dineros para pagar las condenaciones de las residencias y para pretender otros cargos.

-Así lo dicen y lo hacen los desalmados -replicó el teniente-, pero el juez que da buena residencia no tendrá que pagar condenación alguna, y el haber usado bien su oficio será el valedor para que le den otro.

-Habla vuesa merced muy a lo santo, señor teniente -respondió Preciosa-; ándese a eso y cortarémosle de los harapos para reliquias.

-Mucho sabes, Preciosa -dijo el tiniente-. Calla, que yo daré traza que sus Majestades te vean, porque eres pieza de reyes.

-Querránme para truhana -respondió Preciosa-, y yo no lo sabré ser, y todo irá perdido. Si me quisiesen para discreta, aún llevarme hían, pero en algunos palacios más medran los truhanes que los discretos. Yo me hallo bien con ser gitana y pobre, y corra la suerte por donde el cielo quisiere.

-Ea, niña -dijo la gitana vieja-, no hables más, que has hablado mucho, y sabes más de lo que yo te he enseñado. No te asotiles tanto, que te despuntarás; habla de aquello que tus años permiten, y no te metas en altanerías, que no hay ninguna que no amenace caída.

-¡El diablo tienen estas gitanas en el cuerpo! -dijo a esta sazón el tiniente. Despidiéronse las gitanas, y, al irse, dijo la doncella del dedal:

-Preciosa, dime la buenaventura, o vuélveme mi dedal, que no me queda con qué hacer labor.

-Señora doncella -respondió Preciosa-, haga cuenta que se la he dicho y provéase de otro dedal, o no haga vainillas hasta el viernes, que yo volveré y le diré más venturas y aventuras que las que tiene un libro de caballerías.

Fuéronse y juntáronse con las muchas labradoras que a la hora de las avemarías suelen salir de Madrid para volverse a sus aldeas; y entre otras vuelven muchas, con quien siempre se acompañaban las gitanas, y volvían seguras; porque la gitana vieja vivía en continuo temor no le salteasen a su Preciosa.

Sucedió, pues, que la mañana de un día que volvían a Madrid a coger la garrama con las demás gitanillas, en un valle pequeño que está obra de quinientos pasos antes que se llegue a la villa, vieron un mancebo gallardo y ricamente aderezado de camino. La espada y daga que traía eran, como decirse suele, una ascua de oro; sombrero con rico cintillo y con plumas de diversas colores adornado. Repararon las gitanas en viéndole, y pusiéronsele a mirar muy de espacio, admiradas de que a tales horas un tan hermoso mancebo estuviese en tal lugar, a pie y solo.

Él se llegó a ellas, y, hablando con la gitana mayor, le dijo:
-Por vida vuestra, amiga, que me hagáis placer que vos y Preciosa me oyáis aquí aparte dos palabras, que serán de vuestro provecho.
-Como no nos desviemos mucho, ni nos tardemos mucho, sea en buen hora - respondió la vieja.

Y, llamando a Preciosa, se desviaron de las otras obra de veinte pasos; y así, en pie, como estaban, el mancebo les dijo:

-Yo vengo de manera rendido a la discreción y belleza de Preciosa, que después de haberme hecho mucha fuerza para escusar llegar a este punto, al cabo he quedado más rendido y más imposibilitado de escusallo. Yo, señoras mías (que siempre os he de dar este nombre, si el cielo mi pretensión favorece), soy caballero, como lo puede mostrar este hábito -y, apartando el herreruelo, descubrió en el pecho uno de los más calificados que hay en España-; soy hijo de Fulano -que por buenos respectos aquí no se declara su nombre-; estoy debajo de su tutela y amparo, soy hijo único, y el que espera un razonable mayorazgo. Mi padre está aquí en la Corte pretendiendo un cargo, y ya está consultado, y tiene casi ciertas esperanzas de salir con él. Y, con ser de la calidad y nobleza que os he referido, y de la que casi se os debe ya de ir trasluciendo, con todo eso, quisiera ser un gran señor para levantar a mi grandeza la humildad de Preciosa, haciéndola mi igual y mi señora. Yo no la pretendo para burlalla, ni en las veras del amor que la tengo puede caber género de burla alguna; sólo quiero servirla del modo que ella más gustare: su voluntad es la mía. Para con ella es de cera mi alma, donde podrá imprimir lo que quisiere; y para conservarlo y guardarlo no será como impreso en cera, sino como esculpido en mármoles, cuya dureza se opone a la duración de los tiempos. Si creéis esta verdad, no admitirá ningún desmayo mi esperanza; pero si no me creéis, siempre me tendrá temeroso vuestra duda. Mi nombre es éste -y díjosele-; el de mi padre ya os le he dicho. La casa donde vive es en tal calle, y tiene tales y tales señas; vecinos tiene de quien podréis informaros, y aun de los que no son vecinos también, que no es tan escura la calidad y el nombre de mi padre y el mío, que no le sepan en los patios de palacio, y aun en toda la Corte. Cien escudos traigo aquí en oro para daros en arra y señal de lo que pienso daros, porque no ha de negar la hacienda el que da el alma.

En tanto que el caballero esto decía, le estaba mirando Preciosa atentamente, y sin duda que no le debieron de parecer mal ni sus razones ni su talle; y, volviéndose a la vieja, le dijo:

-Perdóneme, abuela, de que me tomo licencia para responder a este tan enamorado señor.

-Responde lo que quisieres, nieta -respondió la vieja-, que yo sé que tienes discreción para todo.

Preciosa dijo:

-Yo, señor caballero, aunque soy gitana pobre y humildemente nacida, tengo un cierto espiritillo fantástico acá dentro, que a grandes cosas me lleva. A mí ni me mueven promesas, ni me desmoronan dádivas, ni me inclinan sumisiones, ni me espantan finezas enamoradas; y, aunque de quince años (que, según la cuenta de mi abuela, para este San Miguel los haré), soy ya vieja en los pensamientos y alcanzo más de aquello que mi edad promete, más por mi buen natural que por la esperiencia. Pero, con lo uno o con lo otro, sé que las pasiones amorosas en los recién enamorados son como ímpetus indiscretos que hacen salir a la voluntad de sus quicios; la cual, atropellando inconvenientes, desatinadamente se arroja tras su deseo, y, pensando dar con la gloria de sus ojos, da con el infierno de sus pesadumbres. Si alcanza lo que desea, mengua el deseo con la posesión de la cosa deseada, y quizá, abriéndose entonces los ojos del entendimiento, se vee ser bien que se aborrezca lo que antes se adoraba. Este temor engendra en mí un recato tal, que ningunas palabras creo y de muchas obras dudo. Una sola joya tengo, que la estimo en más que a la vida, que es la de mi entereza y virginidad, y no la tengo de vender a precio de promesas ni dádivas, porque, en fin, será vendida, y si puede ser comprada, será de muy poca estima; ni me la han de llevar trazas ni embelecos: antes pienso irme con ella a la sepultura, y quizá al cielo, que ponerla en peligro que quimeras y fantasías soñadas la embistan o manoseen. Flor es la de la virginidad que, a ser posible, aun con la imaginación no había de dejar ofenderse. Cortada la rosa del rosal, ¡con qué brevedad y facilidad se marchita! Éste la toca, aquél la huele, el otro la deshoja, y, finalmente, entre las manos rústicas se deshace. Si vos, señor, por sola esta prenda venís, no la habéis de llevar sino atada con las ligaduras y lazos del matrimonio; que si la virginidad se ha de inclinar, ha de ser a este santo yugo, que entonces no sería perderla, sino emplearla en ferias que felices ganancias prometen. Si quisiéredes ser mi esposo, yo lo seré vuestra, pero han de preceder muchas condiciones y averiguaciones primero. Primero tengo de saber si sois el que decís; luego, hallando esta verdad, habéis de dejar la casa de vuestros padres y la habéis de trocar con nuestros ranchos; y, tomando el traje de gitano, habéis de cursar dos años en nuestras escuelas, en el cual tiempo me satisfaré yo de vuestra condición, y vos de la mía; al cabo del cual, si vos os contentáredes de mí, y yo de vos, me entregaré por vuestra esposa; pero hasta entonces tengo de ser vuestra hermana en el trato, y vuestra humilde en serviros. Y habéis de considerar que en el tiempo deste noviciado podría ser que cobrásedes la vista, que ahora debéis de tener perdida, o, por lo menos, turbada, y viésedes que os convenía huir de lo que ahora seguís con tanto ahínco. Y, cobrando la libertad perdida, con un buen arrepentimiento se perdona cualquier culpa. Si con estas condiciones queréis entrar a ser soldado de nuestra milicia, en vuestra mano está, pues, faltando alguna dellas, no habéis de tocar un dedo de la mía.

Pasmóse el mozo a las razones de Preciosa, y púsose como embelesado, mirando al suelo, dando muestras que consideraba lo que responder debía. Viendo lo cual Preciosa, tornó a decirle:

-No es este caso de tan poco momento, que en los que aquí nos ofrece el tiempo pueda ni deba resolverse. Volveos, señor, a la villa, y considerad de espacio lo que viéredes que más os convenga, y en este mismo lugar me podéis hablar todas las fiestas que quisiéredes, al ir o venir de Madrid. A lo cual respondió el gentilhombre:

-Cuando el cielo me dispuso para quererte, Preciosa mía, determiné de hacer por ti cuanto tu voluntad acertase a pedirme, aunque nunca cupo en mi pensamiento que me habías de pedir lo que me pides; pero, pues es tu gusto que el mío al tuyo se ajuste y acomode, cuéntame por gitano desde luego, y haz de mí todas las esperiencias que más quisieres; que siempre me has de hallar el mismo que ahora te significo. Mira cuándo quieres que mude el traje, que yo querría que fuese luego; que, con ocasión de ir a Flandes, engañaré a mis padres y sacaré dineros para gastar algunos días, y serán hasta ocho los que podré tardar en acomodar mi partida. A los que fueren conmigo yo los sabré engañar de modo que salga con mi determinación. Lo que te pido es (si es que ya puedo tener atrevimiento de pedirte y suplicarte algo) que, si no es hoy, donde te puedes informar de mi calidad y de la de mis padres, que no vayas más a Madrid; porque no querría que algunas de las demasiadas ocasiones que allí pueden ofrecerse me saltease la buena ventura que tanto me cuesta.

-Eso no, señor galán -respondió Preciosa-: sepa que

conmigo ha de andar siempre la libertad desenfadada, sin que la ahogue ni turbe la pesadumbre de los celos; y entienda que no la tomaré tan demasiada, que no se eche de ver desde bien lejos que llega mi honestidad a mi desenvoltura; y en el primero cargo en que quiero estaros es en el de la confianza que habéis de hacer de mí. Y mirad que los amantes que entran pidiendo celos, o son simples o confiados.

-Satanás tienes en tu pecho, muchacha -dijo a esta sazón la gitana vieja-:
¡mira que dices cosas que no las diría un colegial de Salamanca! Tú sabes de amor, tú sabes de celos, tú de confianzas: ¿cómo es esto?, que me tienes loca, y te estoy escuchando como a una persona espiritada, que habla latín sin saberlo.

-Calle, abuela -respondió Preciosa-, y sepa que todas las cosas que me oye son nonada, y son de burlas, para las muchas que de más veras me quedan en el pecho.

Todo cuanto Preciosa decía y toda la discreción que mostraba era añadir leña al fuego que ardía en el pecho del enamorado caballero. Finalmente, quedaron en que de allí a ocho días se verían en aquel mismo lugar, donde él vendría a dar cuenta del término en que sus negocios estaban, y ellas habrían tenido tiempo de informarse de la verdad que les había dicho. Sacó el mozo una bolsilla de brocado, donde dijo que iban cien escudos de oro, y dióselos a la vieja; pero no quería Preciosa que los tomase en ninguna manera, a quien la gitana dijo:

-Calla, niña, que la mejor señal que este señor ha dado

de estar rendido es haber entregado las armas en señal de rendimiento; y el dar, en cualquiera ocasión que sea, siempre fue indicio de generoso pecho. Y acuérdate de aquel refrán que dice: "Al cielo rogando, y con el mazo dando". Y más, que no quiero yo que por mí pierdan las gitanas el nombre que por luengos siglos tienen adquerido de codiciosas y aprovechadas. ¿Cien escudos quieres tú que deseche, Preciosa, y de oro en oro, que pueden andar cosidos en el alforza de una saya que no valga dos reales, y tenerlos allí como quien tiene un juro sobre las yerbas de Estremadura? Y si alguno de nuestros hijos, nietos o parientes cayere, por alguna desgracia, en manos de la justicia, ¿habrá favor tan bueno que llegue a la oreja del juez y del escribano como destos escudos, si llegan a sus bolsas? Tres veces por tres delitos diferentes me he visto casi puesta en el asno para ser azotada, y de la una me libró un jarro de plata, y de la otra una sarta de perlas, y de la otra cuarenta reales de a ocho que había trocado por cuartos, dando veinte reales más por el cambio. Mira, niña, que andamos en oficio muy peligroso y lleno de tropiezos y de ocasiones forzosas, y no hay defensas que más presto nos amparen y socorran como las armas invencibles del gran Filipo: no hay pasar adelante de su Plus ultra. Por un doblón de dos caras se nos muestra alegre la triste del procurador y de todos los ministros de la muerte, que son arpías de nosotras, las pobres gitanas, y más precian pelarnos y desollarnos a nosotras que a un salteador de caminos; jamás, por más rotas y

desastradas que nos vean, nos tienen por pobres; que dicen que somos como los jubones de los gabachos de Belmonte: rotos y grasientos, y llenos de doblones.
-Por vida suya, abuela, que no diga más; que lleva término de alegar tantas leyes, en favor de quedarse con el dinero, que agote las de los emperadores: quédese con ellos, y buen provecho le hagan, y plega a Dios que los entierre en sepultura donde jamás tornen a ver la claridad del sol, ni haya necesidad que la vean. A estas nuestras compañeras será forzoso darles algo, que ha mucho que nos esperan, y ya deben de estar enfadadas.
-Así verán ellas -replicó la vieja- moneda déstas, como veen al Turco agora. Este buen señor verá si le ha quedado alguna moneda de plata, o cuartos, y los repartirá entre ellas, que con poco quedarán contentas.
-Sí traigo -dijo el galán.
Y sacó de la faldriquera tres reales de a ocho, que repartió entre las tres gitanillas, con que quedaron más alegres y más satisfechas que suele quedar un autor de comedias cuando, en competencia de otro, le suelen retular por la esquinas: "Víctor, Víctor".
En resolución, concertaron, como se ha dicho, la venida de allí a ocho días, y que se había de llamar, cuando fuese gitano, Andrés Caballero; porque también había gitanos entre ellos deste apellido.
No tuvo atrevimiento Andrés (que así le llamaremos de aquí adelante) de abrazar a Preciosa; antes, enviándole con la vista el alma, sin ella, si así decirse puede, las dejó y se entró en Madrid; y ellas, contentísimas, hicieron lo

mismo. Preciosa, algo aficionada, más con benevolencia que con amor, de la gallarda disposición de Andrés, ya deseaba informarse si era el que había dicho. Entró en Madrid, y, a pocas calles andadas, encontró con el paje poeta de las coplas y el escudo; y cuando él la vio, se llegó a ella, diciendo:

-Vengas en buen hora, Preciosa: ¿leíste por ventura las coplas que te di el otro día?

A lo que Preciosa respondió:

-Primero que le responda palabra, me ha de decir una verdad, por vida de lo que más quiere.

-Conjuro es ése -respondió el paje- que, aunque el decirla me costase la vida, no la negaré en ninguna manera.

-Pues la verdad que quiero que me diga -dijo Preciosa- es si por ventura es poeta.

-A serlo -replicó el paje-, forzosamente había de ser por ventura. Pero has de saber, Preciosa, que ese nombre de poeta muy pocos le merecen; y así, yo no lo soy, sino un aficionado a la poesía. Y para lo que he menester, no voy a pedir ni a buscar versos ajenos: los que te di son míos, y éstos que te doy agora también; mas no por esto soy poeta, ni Dios lo quiera.

-¿Tan malo es ser poeta? -replicó Preciosa.

-No es malo -dijo el paje-, pero el ser poeta a solas no lo tengo por muy bueno. Hase de usar de la poesía como de una joya preciosísima, cuyo dueño no la trae cada día, ni la muestra a todas gentes, ni a cada paso, sino cuando convenga y sea razón que la muestre. La poesía es una bellísima doncella, casta, honesta, discreta, aguda, retirada, y que se contiene en los límites de la discreción más alta. Es amiga de la soledad, las fuentes la entretienen, los prados la consuelan, los árboles la desenojan, las flores la alegran, y, finalmente, deleita y enseña a cuantos con ella comunican.

-Con todo eso -respondió Preciosa-, he oído decir que es pobrísima y que tiene algo de mendiga.

-Antes es al revés -dijo el paje-, porque no hay poeta que no sea rico, pues todos viven contentos con su estado: filosofía que la alcanzan pocos. Pero, ¿qué te ha movido, Preciosa, a hacer esta pregunta?

-Hame movido -respondió Preciosa- porque, como yo tengo a todos o los más poetas por pobres, causóme maravilla aquel escudo de oro que me distes entre vuestros versos envuelto; más agora que sé que no sois poeta, sino aficionado de la poesía, podría ser que fuésedes rico, aunque lo dudo, a causa que por aquella parte que os toca de hacer coplas se ha de desaguar cuanta hacienda tuviéredes; que no hay poeta, según dicen, que sepa conservar la hacienda que tiene ni granjear la que no tiene.

-Pues yo no soy désos -replicó el paje-: versos hago, y no soy rico ni pobre; y sin sentirlo ni descontarlo, como hacen los ginoveses sus convites, bien puedo dar un escudo, y dos, a quien yo quisiere. Tomad, preciosa perla, este segundo papel y este escudo segundo que va en él, sin que os pongáis a pensar si soy poeta o no; sólo quiero que penséis y creáis que quien os da esto quisiera tener para daros las riquezas de Midas.

Y, en esto, le dio un papel; y, tentándole Preciosa, halló que dentro venía el escudo, y dijo:

-Este papel ha de vivir muchos años, porque trae dos almas consigo: una, la del escudo, y otra, la de los versos, que siempre vienen llenos de almas y corazones. Pero sepa el señor paje que no quiero tantas almas conmigo, y si no saca la una, no haya miedo que reciba la otra; por poeta le quiero, y no por dadivoso, y desta manera tendremos amistad que dure; pues más aína puede faltar un escudo, por fuerte que sea, que la hechura de un romance.

-Pues así es -replicó el paje- que quieres, Preciosa, que yo sea pobre por fuerza, no deseches el alma que en ese papel te envío, y vuélveme el escudo; que, como le toques con la mano, le tendré por reliquia mientras la vida me durare.

Sacó Preciosa el escudo del papel, y quedóse con el papel, y no le quiso leer en la calle. El paje se despidió, y se fue contentísimo, creyendo que ya Preciosa quedaba rendida, pues con tanta afabilidad le había hablado.

Y, como ella llevaba puesta la mira en buscar la casa del padre de Andrés, sin querer detenerse a bailar en ninguna parte, en poco espacio se puso en la calle do estaba, que ella muy bien sabía; y, habiendo andado hasta la mitad, alzó los ojos a unos balcones de hierro dorados, que le habían dado por señas, y vio en ella a un caballero de hasta edad de cincuenta años, con un hábito de cruz colorada en los pechos, de venerable gravedad y presencia; el cual, apenas también hubo visto la gitanilla, cuando dijo:

-Subid, niñas, que aquí os darán limosna.

A esta voz acudieron al balcón otros tres caballeros, y entre ellos vino el enamorado Andrés, que, cuando vio a Preciosa, perdió la color y estuvo a punto de perder los sentidos: tanto fue el sobresalto que recibió con su vista. Subieron las gitanillas todas, sino la grande, que se quedó abajo para informarse de los criados de las verdades de Andrés.

Al entrar las gitanillas en la sala, estaba diciendo el caballero anciano a los demás:

-Ésta debe de ser, sin duda, la gitanilla hermosa que dicen que anda por Madrid.

-Ella es -replicó Andrés-, y sin duda es la más hermosa criatura que se ha visto.

-Así lo dicen -dijo Preciosa, que lo oyó todo en entrando-, pero en verdad que se deben de engañar en la mitad del justo precio. Bonita, bien creo que lo soy; pero tan hermosa como dicen, ni por pienso.

-¡Por vida de don Juanico, mi hijo, -dijo el anciano-, que aún sois más hermosa de lo que dicen, linda gitana!

-Y ¿quién es don Juanico, su hijo? -preguntó Preciosa.

-Ese galán que está a vuestro lado -respondió el caballero.

-En verdad que pensé -dijo Preciosa- que juraba vuestra merced por algún niño de dos años: ¡mirad qué don Juanico, y qué brinco! A mi verdad, que pudiera ya estar casado, y que, según tiene unas rayas en la frente, no pasarán tres años sin que lo esté, y muy a su gusto, si es que desde aquí allá no se le pierde o se le trueca.

-¡Basta! -dijo uno de los presentes-; ¿qué sabe la gitanilla de rayas?

En esto, las tres gitanillas que iban con Preciosa, todas tres se arrimaron a un rincón de la sala, y, cosiéndose las bocas unas con otras, se juntaron por no ser oídas. Dijo la Cristina:

-Muchachas, éste es el caballero que nos dio esta mañana los tres reales de a ocho.

-Así es la verdad -respondieron ellas-, pero no se lo mentemos, ni le digamos nada, si él no nos lo mienta; ¿qué sabemos si quiere encubrirse?

En tanto que esto entre las tres pasaba, respondió Preciosa a lo de las rayas:

-Lo que veo con lo ojos, con el dedo lo adivino. Yo sé del señor don Juanico, sin rayas, que es algo enamoradizo, impetuoso y acelerado, y gran prometedor de cosas que parecen imposibles; y plega a Dios que no sea mentirosito, que sería lo peor de todo. Un viaje ha de hacer agora muy lejos de aquí, y uno piensa el bayo y otro el que le ensilla; el hombre pone y Dios dispone; quizá pensará que va a Óñez y dará en Gamboa.

A esto respondió don Juan:

-En verdad, gitanita, que has acertado en muchas cosas de mi condición, pero en lo de ser mentiroso vas muy fuera de la verdad, porque me precio de decirla en todo acontecimiento. En lo del viaje largo has acertado, pues, sin duda, siendo Dios servido, dentro de cuatro o cinco días me partiré a Flandes, aunque tú me amenazas que he de torcer el camino, y no querría que en él me sucediese algún desmán que lo estorbase.

-Calle, señorito -respondió Preciosa-, y encomiéndese a Dios, que todo se hará bien; y sepa que yo no sé nada de lo que digo, y no es maravilla que, como hablo mucho y a bulto, acierte en alguna cosa, y yo querría acertar en persuadirte a que no te partieses, sino que sosegases el pecho y te estuvieses con tus padres, para darles buena vejez; porque no estoy bien con estas idas y venidas a Flandes, principalmente los mozos de tan tierna edad como la tuya. Déjate crecer un poco, para que puedas llevar los trabajos de la guerra; cuanto más, que harta guerra tienes en tu casa: hartos combates amorosos te sobresaltan el pecho. Sosiega, sosiega, alborotadito, y mira lo que haces primero que te cases, y danos una limosnita por Dios y por quien tú eres; que en verdad que creo que eres bien nacido. Y si a esto se junta el ser verdadero, yo cantaré la gala al vencimiento de haber acertado en cuanto te he dicho.

-Otra vez te he dicho, niña -respondió el don Juan que había de ser Andrés Caballero-, que en todo aciertas, sino en el temor que tienes que no debo de ser muy verdadero; que en esto te engañas, sin alguna duda. La palabra que yo doy en el campo, la cumpliré en la ciudad y adonde quiera, sin serme pedida, pues no se puede preciar de caballero quien toca en el vicio de mentiroso. Mi padre te dará limosna por Dios y por mí; que en verdad que esta mañana di cuanto tenía a unas damas, que a ser tan lisonjeras como hermosas, especialmente una dellas, no me arriendo la ganancia.

Oyendo esto Cristina, con el recato de la otra vez, dijo a las demás gitanas:

-¡Ay, niñas, que me maten si no lo dice por los tres reales de a ocho que nos dio esta mañana!

-No es así -respondió una de las dos-, porque dijo que eran damas, y nosotras no lo somos; y, siendo él tan verdadero como dice, no había de mentir en esto.

-No es mentira de tanta consideración -respondió Cristina- la que se dice sin perjuicio de nadie, y en provecho y crédito del que la dice. Pero, con todo esto, veo que no nos dan nada, ni nos mandan bailar.

Subió en esto la gitana vieja, y dijo:

-Nieta, acaba, que es tarde y hay mucho que hacer y más que decir.

-Y ¿qué hay, abuela? -preguntó Preciosa-. ¿Hay hijo o hija?

-Hijo, y muy lindo -respondió la vieja-. Ven, Preciosa, y oirás verdaderas maravillas.

-¡Plega a Dios que no muera de sobreparto! -dijo Preciosa.

-Todo se mirará muy bien -replicó la vieja-; cuanto más, que hasta aquí todo ha sido parto derecho, y el infante es como un oro.

-¿Ha parido alguna señora? -preguntó el padre de Andrés Caballero.

-Sí, señor -respondió la gitana-, pero ha sido el parto tan secreto, que no le sabe sino Preciosa y yo, y otra persona;

y así, no podemos decir quién es.

-Ni aquí lo queremos saber -dijo uno de los presentes-, pero desdichada de aquella que en vuestras lenguas deposita su secreto, y en vuestra ayuda pone su honra.

-No todas somos malas -respondió Preciosa-: quizá hay alguna entre nosotras que se precia de secreta y de verdadera, tanto cuanto el hombre más estirado que hay en esta sala; y vámonos, abuela, que aquí nos tienen en poco: pues en verdad que no somos ladronas ni rogamos a nadie.

-No os enojéis, Preciosa -dijo el padre-; que, a lo menos de vos, imagino que no se puede presumir cosa mala, que vuestro buen rostro os acredita y sale por fiador de vuestras buenas obras. Por vida de Preciosita, que bailéis un poco con vuestras compañeras; que aquí tengo un doblón de oro de a dos caras, que ninguna es como la vuestra, aunque son de dos reyes.

Apenas hubo oído esto la vieja, cuando dijo:

-Ea, niñas, haldas en cinta, y dad contento a estos señores.

Tomó las sonajas Preciosa, y dieron sus vueltas, hicieron y deshicieron todos sus lazos con tanto donaire y desenvoltura, que tras los pies se llevaban los ojos de cuantos las miraban, especialmente los de Andrés, que así se iban entre los pies de Preciosa, como si allí tuvieran el centro de su gloria. Pero turbósela la suerte de manera que se la volvió en infierno; y fue el caso que en la fuga del baile se le cayó a Preciosa el papel que le había dado el paje, y, apenas hubo caído, cuando le alzó el que no tenía buen concepto de las gitanas, y, abriéndole al punto, dijo:

-¡Bueno; sonetico tenemos! Cese el baile, y escúchenle; que, según el primer verso, en verdad que no es nada necio.

Pesóle a Preciosa, por no saber lo que en él venía, y rogó que no le leyesen, y que se le volviesen; y todo el ahínco que en esto ponía eran espuelas que apremiaban el deseo de Andrés para oírle. Finalmente, el caballero le leyó en alta voz; y era éste:

-Cuando Preciosa el
panderete toca y hiere el
dulce son los aires vanos,
perlas son que derrama
con las manos; flores son
que despide de la boca.
Suspensa el alma, y la
cordura loca, queda a los
dulces actos
sobrehumanos, que,
de limpios, de honestos y
de sanos,
su fama al cielo
levantado toca.
Colgadas del menor de
sus cabellos mil almas
lleva,
y a sus plantas tiene
amor rendidas una y

otra flecha.
Ciega y alumbra con
sus soles bellos,
su imperio amor
por ellos le mantiene,
y aún más grandezas de
su ser sospecha.

-¡Por Dios -dijo el que leyó el soneto-, que tiene donaire el poeta que le escribió!
-No es poeta, señor, sino un paje muy galán y muy hombre de bien -dijo Preciosa.
(Mirad lo que habéis dicho, Preciosa, y lo que vais a decir; que ésas no son alabanzas del paje, sino lanzas que traspasan el corazón de Andrés, que las escucha. ¿Queréislo ver, niña? Pues volved los ojos y veréisle desmayado encima de la silla, con un trasudor de muerte; no penséis, doncella, que os ama tan de burlas Andrés que no le hieran y sobresalten el menor de vuestros descuidos. Llegaos a él en hora buena, y decilde algunas palabras al oído, que vayan derechas al corazón y le vuelvan de su desmayo. ¡No, sino andaos a traer sonetos cada día en vuestra alabanza, y veréis cuál os le ponen!)
Todo esto pasó así como se ha dicho: que Andrés, en oyendo el soneto, mil celosas imaginaciones le sobresaltaron. No se desmayó, pero perdió la color de manera que, viéndole su padre, le dijo:
-¿Qué tienes, don Juan, que parece que te vas a desmayar,

según se te ha mudado el color?

-Espérense -dijo a esta sazón Preciosa-: déjenmele decir unas ciertas palabras al oído, y verán como no se desmaya.

Y, llegándose a él, le dijo, casi sin mover los labios:

-¡Gentil ánimo para gitano! ¿Cómo podréis, Andrés, sufrir el tormento de toca, pues no podéis llevar el de un papel?

Y, haciéndole media docena de cruces sobre el corazón, se apartó dél; y entonces Andrés respiró un poco, y dio a entender que las palabras de Preciosa le habían aprovechado.

Finalmente, el doblón de dos caras se le dieron a Preciosa, y ella dijo a sus compañeras que le trocaría y repartiría con ellas hidalgamente. El padre de Andrés le dijo que le dejase por escrito las palabras que había dicho a don Juan, que las quería saber en todo caso. Ella dijo que las diría de muy buena gana, y que entendiesen que, aunque parecían cosa de burla, tenían gracia especial para preservar el mal del corazón y los vaguidos de cabeza, y que las palabras eran:

"Cabecita, cabecita,
tente en ti, no te
resbales, y apareja
dos puntales de la
paciencia bendita.
Solicita la bonita
confiancita;

no te inclines a
pensamientos
ruines verás cosas
que toquen en
milagrosas,
Dios delante y
San Cristóbal
gigante."

-Con la mitad destas palabras que le digan, y con seis cruces que le hagan sobre el corazón a la persona que tuviere vaguidos de cabeza -dijo Preciosa-, quedará como una manzana.

Cuando la gitana vieja oyó el ensalmo y el embuste, quedó pasmada; y más lo quedó Andrés, que vio que todo era invención de su agudo ingenio. Quedáronse con el soneto, porque no quiso pedirle Preciosa, por no dar otro tártago a Andrés; que ya sabía ella, sin ser enseñada, lo que era dar sustos y martelos, y sobresaltos celosos a los rendidos amantes.

Despidiéronse las gitanas, y, al irse, dijo Preciosa a don Juan:

-Mire, señor, cualquiera día desta semana es próspero para partidas, y ninguno es aciago; apresure el irse lo más presto que pudiere, que le aguarda una vida ancha, libre y muy gustosa, si quiere acomodarse a ella.

-No es tan libre la del soldado, a mi parecer -respondió don Juan-, que no tenga más de sujeción que de libertad; pero, con todo esto, haré como viere.

-Más veréis de lo que pensáis -respondió Preciosa-, y Dios os lleve y traiga con bien, como vuestra buena presencia merece.

Con estas últimas palabras quedó contento Andrés, y las gitanas se fueron contentísimas.

Trocaron el doblón, repartiéronle entre todas igualmente, aunque la vieja guardiana llevaba siempre parte y media de lo que se juntaba, así por la mayoridad, como por ser ella el aguja por quien se guiaban en el maremagno de sus bailes, donaires, y aun de sus embustes.

Llegóse, en fin, el día que Andrés Caballero se apareció una mañana en el primer lugar de su aparecimiento, sobre una mula de alquiler, sin criado alguno. Halló en él a Preciosa y a su abuela, de las cuales conocido, le recibieron con mucho gusto. Él les dijo que le guiasen al rancho antes que entrase el día y con él se descubriesen las señas que llevaba, si acaso le buscasen. Ellas, que, como advertidas, vinieron solas, dieron la vuelta, y de allí a poco rato llegaron a sus barracas.

Entró Andrés en la una, que era la mayor del rancho, y luego acudieron a verle diez o doce gitanos, todos mozos y todos gallardos y bien hechos, a quien ya la vieja había dado cuenta del nuevo compañero que les había de venir, sin tener necesidad de encomendarles el secreto; que, como ya se ha dicho, ellos le guardan con sagacidad y puntualidad nunca vista. Echaron luego ojo a la mula, y dijo uno dellos:

-Ésta se podrá vender el jueves en Toledo.

-Eso no -dijo Andrés-, porque no hay mula de alquiler que no sea conocida de todos los mozos de mulas que trajinan por España.

-Par Dios, señor Andrés -dijo uno de los gitanos-, que, aunque la mula tuviera más señales que las que han de preceder al día tremendo, aquí la transformáramos de manera que no la conociera la madre que la parió ni el dueño que la ha criado.

-Con todo eso -respondió Andrés-, por esta vez se ha de seguir y tomar el parecer mío. A esta mula se ha de dar muerte, y ha de ser enterrada donde aún los huesos no parezcan.

-¡Pecado grande! -dijo otro gitano-: ¿a una inocente se ha de quitar la vida? No diga tal el buen Andrés, sino haga una cosa: mírela bien agora, de manera que se le queden estampadas todas sus señales en la memoria, y déjenmela llevar a mí; y si de aquí a dos horas la conociere, que me lardeen como a un negro fugitivo.

-En ninguna manera consentiré -dijo Andrés- que la mula no muera, aunque más me aseguren su transformación. Yo temo ser descubierto si a ella no la cubre la tierra. Y, si se hace por el provecho que de venderla puede seguirse, no vengo tan desnudo a esta cofradía, que no pueda pagar de entrada más de lo que valen cuatro mulas.

-Pues así lo quiere el señor Andrés Caballero -dijo otro gitano-, muera la sin culpa; y Dios sabe si me pesa, así por su mocedad, pues aún no ha cerrado (cosa no usada entre mulas de alquiler), como porque debe ser andariega, pues no tiene costras en las ijadas, ni llagas de laespuela.

Dilatóse su muerte hasta la noche, y en lo que quedaba de aquel día se hicieron las ceremonias de la entrada de Andrés a ser gitano, que fueron: desembarazaron luego un rancho de los mejores del aduar, y adornáronle de ramos y juncia; y, sentándose Andrés sobre un medio alcornoque, pusiéronle en las manos un martillo y unas tenazas, y, al son de dos guitarras que dos gitanos tañían, le hicieron dar dos cabriolas; luego le desnudaron un brazo, y con una cinta de seda nueva y un garrote le dieron dos vueltasblandamente.

A todo se halló presente Preciosa y otras muchas gitanas, viejas y mozas; que las unas con maravilla, otras con amor, le miraban; tal era la gallarda disposición de Andrés, que hasta los gitanos le quedaron aficionadísimos.

Hechas, pues, las referidas ceremonias, un gitano viejo tomó por la mano a Preciosa, y, puesto delante de Andrés, dijo:

-Esta muchacha, que es la flor y la nata de toda la hermosura de las gitanas que sabemos que viven en España, te la entregamos, ya por esposa o ya por amiga, que en esto puedes hacer lo que fuere más de tu gusto, porque la libre y ancha vida nuestra no está sujeta a melindres ni a muchas ceremonias. Mírala bien, y mira si te agrada, o si vees en ella alguna cosa que te descontente; y si la vees, escoge entre las doncellas que aquí están la que más te contentare; que la que escogieres te daremos; pero has de saber que una vez escogida, no la has de dejar por otra, ni te has de empachar ni entremeter, ni con las casadas ni con las doncellas. Nosotros guardamos inviolablemente la ley de la amistad: ninguno solicita la prenda del otro; libres vivimos de la amarga pestilencia de los celos. Entre nosotros, aunque hay muchos incestos, no hay ningún adulterio; y, cuando le hay en la mujer propia, o alguna bellaquería en la amiga, no vamos a la justicia a pedir castigo: nosotros somos los jueces y los verdugos de nuestras esposas o amigas; con la misma facilidad las matamos, y las enterramos por las montañas y desiertos, como si fueran animales nocivos; no hay pariente que las vengue, ni padres que nos pidan su muerte. Con este temor y miedo ellas procuran ser castas, y nosotros, como ya he dicho, vivimos seguros. Pocas cosas tenemos que no sean comunes a todos, excepto la mujer o la amiga, que queremos que cada una sea del que le cupo en suerte. Entre nosotros así hace divorcio la vejez como la muerte; el que quisiere puede dejar la mujer vieja, como él sea mozo, y escoger otra que corresponda al gusto de sus años. Con estas y con otras leyes y estatutos nos conservamos y vivimos alegres; somos señores de los campos, de los sembrados, de las selvas, de los montes, de las fuentes y de los ríos. Los montes nos ofrecen leña de balde; los árboles, frutas; las viñas, uvas; las huertas, hortaliza; las fuentes, agua; los ríos, peces, y los vedados, caza; sombra, las peñas; aire fresco, las quiebras; y casas, las cuevas. Para nosotros las inclemencias del cielo son oreos, refrigerio las nieves, baños la lluvia, músicas los truenos y hachas los relámpagos. Para nosotros son los duros terreros colchones de blandas plumas: el cuero curtido de nuestros cuerpos nos sirve de arnés impenetrable que nos defiende; a nuestra ligereza no la impiden grillos, ni la detienen barrancos, ni la contrastan paredes; a nuestro ánimo no le tuercen cordeles, ni le menoscaban garruchas, ni le ahogan tocas, ni le doman potros. Del sí al no no hacemos diferencia cuando nos conviene: siempre nos preciamos más de mártires que de confesores. Para nosotros se crían las bestias de carga en los campos, y se cortan las faldriqueras en las ciudades. No hay águila, ni ninguna otra ave de rapiña, que más presto se abalance a la presa que se le ofrece, que nosotros nos abalanzamos a las ocasiones que algún interés nos señalen; y, finalmente, tenemos muchas habilidades que felice fin nos prometen; porque en la cárcel cantamos, en el potro callamos, de día trabajamos y de noche hurtamos; o, por mejor decir, avisamos que nadie viva descuidado de mirar dónde pone su hacienda. No nos fatiga el temor de perder la honra, ni nos desvela la ambición de acrecentarla; ni sustentamos bandos, ni madrugamos a dar memoriales, ni acompañar magnates, ni a solicitar favores. Por dorados techos y suntuosos palacios estimamos estas barracas y movibles ranchos; por cuadros y países de Flandes, los que nos da la naturaleza en esos levantados riscos y nevadas peñas, tendidos prados y espesos bosques que a cada paso a los ojos se nos muestran. Somos astrólogos rústicos, porque, como casi siempre dormimos al cielo descubierto, a todas horas sabemos las que son del día y las que son de la noche; vemos cómo arrincona y barre la aurora las estrellas del cielo, y cómo ella sale con su compañera el alba, alegrando el aire, enfriando el agua y humedeciendo la tierra; y luego, tras ellas, el sol, dorando cumbres (como dijo el otro poeta) y rizando montes: ni tememos quedar helados por su ausencia cuando nos hiere a soslayo con sus rayos, ni quedar abrasados cuando con ellos particularmente nos toca; un mismo rostro hacemos al sol que al yelo, a la esterilidad que a la abundancia. En conclusión, somos gente que vivimos por nuestra industria y pico, y sin entremeternos con el antiguo refrán: "Iglesia, o mar, o casa real"; tenemos lo que queremos, pues nos contentamos con lo que tenemos. Todo esto os he dicho, generoso mancebo, porque no ignoréis la vida a que habéis venido y el trato que habéis de profesar, el cual os he pintado aquí en borrón; que otras muchas e infinitas cosas iréis descubriendo en él con el tiempo, no menos dignas de consideración que las que habéis oído. Calló, en diciendo esto el elocuente y viejo gitano, y el novicio dijo que se holgaba mucho de haber sabido tan loables estatutos, y que él pensaba hacer profesión en aquella orden tan puesta en razón y en políticos fundamentos; y que sólo le pesaba no haber venido más presto en conocimiento de tan alegre vida, y que desde aquel punto renunciaba la profesión de caballero y la vanagloria de su ilustre linaje, y lo ponía todo debajo del yugo, o, por mejor decir, debajo de las leyes con que ellos vivían, pues con tan alta recompensa le satisfacían el deseo de servirlos, entregándole a la divina Preciosa, por quien él dejaría coronas e imperios, y sólo los desearía para servirla.

A lo cual respondió Preciosa:

-Puesto que estos señores legisladores han hallado por sus leyes que soy tuya, y que por tuya te me han entregado, yo he hallado por la ley de mi voluntad, que es la más fuerte de todas, que no quiero serlo si no es con las condiciones que antes que aquí vinieses entre los dos concertamos. Dos años has de vivir en nuestra compañía primero que de la mía goces, porque tú no te arrepientas por ligero, ni yo quede engañada por presurosa. Condiciones rompen leyes; las que te he puesto sabes: si las quisieres guardar, podrá ser que sea tuya y tú seas mío; y donde no, aún no es muerta la mula, tus vestidos están enteros, y de tus dineros no te falta un ardite; la ausencia que has hecho no ha sido aún de un día; que de lo que dél falta te puedes servir y dar lugar que consideres lo que más te conviene. Estos señores bien pueden entregarte mi cuerpo; pero no mi alma, que es libre y nació libre, y ha de ser libre en tanto que yo quisiere. Si te quedas, te estimaré en mucho; si te vuelves, no te tendré en menos; porque, a mi parecer, los ímpetus amorosos corren a rienda suelta, hasta que encuentran con la razón o con el desengaño; y no querría yo que fueses tú para conmigo como es el cazador, que, en alcanzado la liebre que sigue, la coge y la deja por correr tras otra que le huye. Ojos hay engañados que a la primera vista tan bien les parece el oropel como el oro, pero a poco rato bien conocen la diferencia que hay de lo fino a lo falso. Esta mi hermosura que tú dices que tengo, que la estimas sobre el sol y la encareces sobre el oro, ¿qué sé yo si de cerca te parecerá sombra, y tocada, cairás en que es de alquimia? Dos años te doy de tiempo para que tantees y ponderes lo que será bien que escojas o será justo que deseches; que la prenda que una vez comprada nadie se puede deshacer della, sino con la muerte, bien es que haya tiempo, y mucho, para miralla y remiralla, y ver en ella las faltas o las virtudes que tiene; que yo no me rijo por la bárbara e insolente licencia que estos mis parientes se han tomado de dejar las mujeres, o castigarlas, cuando se les antoja; y, como yo no pienso hacer cosa que llame al castigo, no quiero tomar compañía que por su gusto me deseche.

-Tienes razón, ¡oh Preciosa! -dijo a este punto Andrés-; y así, si quieres que asegure tus temores y menoscabe tus sospechas, jurándote que no saldré un punto de las órdenes que me pusieres, mira qué juramento quieres que haga, o qué otra seguridad puedo darte, que a todo me hallarás dispuesto.

-Los juramentos y promesas que hace el cautivo porque le den libertad, pocas veces se cumplen con ella -dijo Preciosa-; y así son, según pienso, los del amante: que, por conseguir su deseo, prometerá las alas de Mercurio y los rayos de Júpiter, como me prometió a mí un cierto poeta, y juraba por la laguna Estigia. No quiero juramentos, señor Andrés, ni quiero promesas; sólo quiero remitirlo todo a la esperiencia deste noviciado, y a mí se me quedará el cargo de guardarme, cuando vos le tuviéredes de ofenderme.

-Sea ansí -respondió Andrés-. Sola una cosa pido a estos señores y compañeros míos, y es que no me fuercen a que hurte ninguna cosa por tiempo de un mes siquiera; porque me parece que no he de acertar a ser ladrón si antes no preceden muchas liciones.

-Calla, hijo -dijo el gitano viejo-, que aquí te industriaremos de manera que salgas un águila en el oficio; y cuando le sepas, has de gustar dél de modo que te comas las manos tras él. ¡Ya es cosa de burla salir vacío por la mañana y volver cargado a la noche al rancho!

-De azotes he visto yo volver a algunos désos vacíos -dijo Andrés.

-No se toman truchas, etcétera -replicó el viejo-: todas las cosas desta vida están sujetas a diversos peligros, y las acciones del ladrón al de las galeras, azotes y horca; pero no porque corra un navío tormenta, o se anega, han de dejar los otros de navegar. ¡Bueno sería que porque la guerra come los hombres y los caballos, dejase de haber soldados! Cuanto más, que el que es azotado por justicia, entre nosotros, es tener un hábito en las espaldas, que le parece mejor que si le trujese en los pechos, y de los buenos. El toque está en no acabar

acoceando el aire en la flor de nuestra juventud y a los primeros delitos; que el mosqueo de las espaldas, ni el apalear el agua en las galeras, no lo estimamos en un cacao. Hijo Andrés, reposad ahora en el nido debajo de nuestras alas, que a su tiempo os sacaremos a volar, y en parte donde no volváis sin presa; y lo dicho dicho: que os habéis de lamer los dedos tras cada hurto.
-Pues, para recompensar -dijo Andrés- lo que yo podía hurtar en este tiempo que se me da de venia, quiero repartir docientos escudos de oro entre todos los del rancho.
Apenas hubo dicho esto, cuando arremetieron a él muchos gitanos; y, levantándole en los brazos y sobre los hombros, le cantaban el "¡Víc-tor, víctor!, y el "¡grande Andrés!", añadiendo: ¡Y viva, viva Preciosa, amada prenda suya! Las gitanas hicieron lo mismo con Preciosa, no sin envidia de Cristina y de otras gitanillas que se hallaron presentes: que la envidia tan bien se aloja en los aduares de los bárbaros y en las chozas de pastores, como en palacios de príncipes, y esto de ver medrar al vecino que me parece que no tiene más méritos que yo, fatiga.
Hecho esto, comieron lautamente; repartióse el dinero prometido con equidad y justicia; renováronse las alabanzas de Andrés, subieron al cielo la hermosura de Preciosa. Llegó la noche, acocotaron la mula y enterráronla de modo que quedó seguro Andrés de ser por ella descubierto; y también enterraron con ella sus alhajas, como fueron silla y freno y cinchas, a uso de los

indios, que sepultan con ellos sus más ricas preseas.

De todo lo que había visto y oído y de los ingenios de los gitanos quedó admirado Andrés, y con propósito de seguir y conseguir su empresa, sin entremeterse nada en sus costumbres; o, a lo menos, escusarlo por todas las vías que pudiese, pensando exentarse de la jurisdición de obedecellos en las cosas injustas que le mandasen, a costa de su dinero.

Otro día les rogó Andrés que mudasen de sitio y se alejasen de Madrid, porque temía ser conocido si allí estaba. Ellos dijeron que ya tenían determinado irse a los montes de Toledo, y desde allí correr y garramar toda la tierra circunvecina. Levantaron, pues, el rancho y diéronle a Andrés una pollina en que fuese, pero él no la quiso, sino irse a pie, sirviendo de lacayo a Preciosa, que sobre otra iba: ella contentísima de ver cómo triunfaba de su gallardo escudero, y él ni más ni menos, de ver junto a sí a la que había hecho señora de su albedrío.

¡Oh poderosa fuerza deste que llaman dulce dios de la amargura (título que le ha dado la ociosidad y el descuido nuestro), y con qué veras nos avasallas, y cuán sin respecto nos tratas! Caballero es Andrés, y mozo de muy buen entendimiento, criado casi toda su vida en la Corte y con el regalo de sus ricos padres; y desde ayer acá ha hecho tal mudanza, que engañó a sus criados y a sus amigos, defraudó las esperanzas que sus padres en él tenían; dejó el camino de Flandes, donde había de ejercitar el valor de su persona y acrecentar la honra de su linaje, y se vino a postrarse a los pies de una muchacha, y a ser su lacayo; que, puesto que hermosísima, en fin, era gitana: privilegio de la hermosura, que trae al redopelo y por la melena a sus pies a la voluntad más esenta.

De allí a cuatro días llegaron a una aldea dos leguas de Toledo, donde asentaron su aduar, dando primero algunas prendas de plata al alcalde del pueblo, en fianzas de que en él ni en todo su término no hurtarían ninguna cosa. Hecho esto, todas las gitanas viejas, y algunas mozas, y los gitanos, se esparcieron por todos los lugares, o, a lo menos, apartados por cuatro o cinco leguas de aquel donde habían asentado su real. Fue con ellos Andrés a tomar la primera lición de ladrón; pero, aunque le dieron muchas en aquella salida, ninguna se le asentó; antes, correspondiendo a su buena sangre, con cada hurto que sus maestros hacían se le arrancaba a él el alma; y tal vez hubo que pagó de su dinero los hurtos que sus compañeros había hecho, conmovido de las lágrimas de sus dueños; de lo cual los gitanos se desesperaban, diciéndole que era contravenir a sus estatutos y ordenanzas, que prohibían la entrada a la caridad en sus pechos, la cual, en teniéndola, habían de dejar de ser ladrones, cosa que no les estaba bien en ningunamanera.

Viendo, pues, esto Andrés, dijo que él quería hurtar por sí solo, sin ir en compañía de nadie; porque para huir del peligro tenía ligereza, y para cometelle no le faltaba el ánimo; así que, el premio o el castigo de lo que hurtase quería que fuese suyo.

Procuraron los gitanos disuadirle deste propósito, diciéndole que le podrían suceder ocasiones donde fuese necesaria la compañía, así para acometer como para defenderse, y que una persona sola no podía hacer grandes presas. Pero, por más que dijeron, Andrés quiso ser ladrón solo y señero, con intención de apartarse de la cuadrilla y comprar por su dinero alguna cosa que pudiese decir que la había hurtado, y deste modo cargar lo que menos pudiese sobre su conciencia.

Usando, pues, desta industria, en menos de un mes trujo más provecho a la compañía que trujeron cuatro de los más estirados ladrones della; de que no poco se holgaba Preciosa, viendo a su tierno amante tan lindo y tan despejado ladrón. Pero, con todo eso, estaba temerosa de alguna desgracia; que no quisiera ella verle en afrenta por todo el tesoro de Venecia, obligada a tenerle aquella buena voluntad por los muchos servicios y regalos que su Andrés le hacía.

Poco más de un mes se estuvieron en los términos de Toledo, donde hicieron su agosto, aunque era por el mes de setiembre, y desde allí se entraron en Estremadura, por ser tierra rica y caliente. Pasaba Andrés con Preciosa honestos, discretos y enamorados coloquios, y ella poco a poco se iba enamorando de la discreción y buen trato de su amante; y él, del mismo modo, si pudiera crecer su amor, fuera creciendo: tal era la honestidad, discreción y belleza de su Preciosa. A doquiera que llegaban, él se llevaba el precio y las apuestas de corredor y de saltar más que ninguno; jugaba a los bolos y a la pelota estremadamente; tiraba la barra con mucha fuerza y singular destreza. Finalmente, en poco tiempo voló su fama por toda Estremadura, y no había lugar donde no se hablase de la gallarda disposición del gitano Andrés Caballero y de sus gracias y habilidades; y al par desta fama corría la de la hermosura de la gitanilla, y no había villa, lugar ni aldea donde no los llamasen para regocijar las fiestas votivas suyas, o para otros particulares regocijos. Desta manera, iba el aduar rico, próspero y contento, y los amantes gozosos con sólo mirarse.

Sucedió, pues, que, teniendo el aduar entre unas encinas, algo apartado del camino real, oyeron una noche, casi a la mitad della, ladrar sus perros con mucho ahínco y más de lo que acostumbraban; salieron algunos gitanos, y con ellos Andrés, a ver a quién ladraban, y vieron que se defendía dellos un hombre vestido de blanco, a quien tenían dos perros asido de una pierna; llegaron y quitáronle, y uno de los gitanos le dijo:

-¿Quién diablos os trujo por aquí, hombre, a tales horas y tan fuera de camino? ¿Venís a hurtar por ventura? Porque en verdad que habéis llegado a buen puerto.

-No vengo a hurtar -respondió el mordido-, ni sé si vengo o no fuera de camino, aunque bien veo que vengo descaminado. Pero decidme, señores, ¿está por aquí alguna venta o lugar donde pueda recogerme esta noche y curarme de las heridas que vuestros perros me han hecho?

-No hay lugar ni venta donde podamos encaminaros -respondió Andrés-; mas, para curar vuestras heridas y alojaros esta noche, no os faltará comodidad en nuestros ranchos. Veníos con nosotros, que, aunque somos gitanos, no lo parecemos en la caridad.
-Dios la use con vosotros -respondió el hombre-; y llevadme donde quisiéredes, que el dolor desta pierna me fatiga mucho.
Llegóse a él Andrés y otro gitano caritativo (que aun entre los demonios hay unos peores que otros, y entre muchos malos hombres suele haber algún bueno), y entre los dos le llevaron. Hacía la noche clara con la luna, de manera que pudieron ver que el hombre era mozo de gentil rostro y talle; venía vestido todo de lienzo blanco, y atravesada por las espaldas y ceñida a los pechos una como camisa o talega de lienzo. Llegaron a la barraca o toldo de Andrés, y con presteza encendieron lumbre y luz, y acudió luego la abuela de Preciosa a curar el herido, de quien ya le habían dado cuenta. Tomó algunos pelos de los perros, fríolos en aceite, y, lavando primero con vino dos mordeduras que tenía en la pierna izquierda, le puso los pelos con el aceite en ellas y encima un poco de romero verde mascado; lióselo muy bien con paños limpios y santiguóle las heridas y díjole:
-Dormid, amigo, que, con el ayuda de Dios, no será nada.
En tanto que curaban al herido, estaba Preciosa delante, y estúvole mirando ahincadamente, y lo mismo hacía él a ella, de modo que Andrés echó de ver en la atención con que el mozo la miraba; pero echólo a que la mucha

hermosura de Preciosa se llevaba tras sí los ojos. En resolución, después de curado el mozo, le dejaron solo sobre un lecho hecho de heno seco, y por entonces no quisieron preguntarle nada de su camino ni de otra cosa. Apenas se apartaron dél, cuando Preciosa llamó a Andrés aparte y le dijo:

-¿Acuérdaste, Andrés, de un papel que se me cayó en tu casa cuando bailaba con mis compañeras, que, según creo, te dio un mal rato?

-Sí acuerdo -respondió Andrés-, y era un soneto en tu alabanza, y no malo.

-Pues has de saber, Andrés -replicó Preciosa-, que el que hizo aquel soneto es ese mozo mordido que dejamos en la choza; y en ninguna manera me engaño, porque me habló en Madrid dos o tres veces, y aun me dio un romance muy bueno. Allí andaba, a mi parecer, como paje; mas no de los ordinarios, sino de los favorecidos de algún príncipe; y en verdad te digo, Andrés, que el mozo es discreto, y bien razonado, y sobremanera honesto, y no sé qué pueda imaginar desta su venida y en tal traje.

-¿Qué puedes imaginar, Preciosa? -respondió Andrés-. Ninguna otra cosa sino que la misma fuerza que a mí me ha hecho gitano le ha hecho a él parecer molinero y venir a buscarte. ¡Ah, Preciosa, Preciosa, y cómo se va descubriendo que te quieres preciar de tener más de un rendido! Y si esto es así, acábame a mí primero y luego matarás a este otro, y no quieras sacrificarnos juntos en las aras de tu engaño, por no decir de tu belleza.

-¡Válame Dios -respondió Preciosa-, Andrés, y cuán

delicado andas, y cuán de un sotil cabello tienes colgadas tus esperanzas y mi crédito, pues con tanta facilidad te ha penetrado el alma la dura espada de los celos! Dime, Andrés: si en esto hubiera artificio o engaño alguno, ¿no supiera yo callar y encubrir quién era este mozo? ¿Soy tan necia, por ventura, que te había de dar ocasión de poner en duda mi bondad y buen término? Calla, Andrés, por tu vida, y mañana procura sacar del pecho deste tu asombro preguntándole adónde va, o a lo que viene. Podría ser que estuviese engañada tu sospecha, como yo no lo estoy de que sea el que he dicho. Y, para más satisfación tuya, pues ya he llegado a términos de satisfacerte, de cualquiera manera y con cualquiera intención que ese mozo venga, despídele luego y haz que se vaya, pues todos los de nuestra parcialidad te obedecen, y no habrá ninguno que contra tu voluntad le quiera dar acogida en su rancho; y, cuando esto así no suceda, yo te doy mi palabra de no salir del mío, ni dejarme ver de sus ojos, ni de todos aquellos que tú quisieres que no me vean. Mira, Andrés, no me pesa a mí de verte celoso, pero pesarme a mucho si te veo indiscreto.

-Como no me veas loco, Preciosa -respondió Andrés-, cualquiera otra demonstración será poca o ninguna para dar a entender adónde llega y cuánto fatiga la amarga y dura presunción de los celos. Pero, con todo eso, yo haré lo que me mandas, y sabré, si es que es posible, qué es lo que este señor paje poeta quiere, dónde va, o qué es lo que busca; que podría ser que por algún hilo que sin cuidado muestre, sacase yo todo el ovillo con que temo viene a enredarme.

-Nunca los celos, a lo que imagino -dijo Preciosa-, dejan el entendimiento libre para que pueda juzgar las cosas como ellas son. Siempre miran los celosos con antojos de allende, que hacen las cosas pequeñas, grandes; los enanos, gigantes, y las sospechas, verdades. Por vida tuya y por la mía, Andrés, que procedas en esto, y en todo lo que tocare a nuestros conciertos, cuerda y discretamente; que si así lo hicieres, sé que me has de conceder la palma de honesta y recatada, y de verdadera en todo estremo.

Con esto se despidió de Andrés, y él se quedó esperando el día para tomar la confesión al herido, llena de turbación el alma y de mil contrarias imaginaciones. No podía creer sino que aquel paje había venido allí atraído de la hermosura de Preciosa; porque piensa el ladrón que todos son de su condición. Por otra parte, la satisfación que Preciosa le había dado le parecía ser de tanta fuerza, que le obligaba a vivir seguro y a dejar en las manos de su bondad toda su ventura.

Llegóse el día, visitó al mordido; preguntóle cómo se llamaba y adónde iba, y cómo caminaba tan tarde y tan fuera de camino; aunque primero le preguntó cómo estaba, y si se sentía sin dolor de las mordeduras. A lo cual respondió el mozo que se hallaba mejor y sin dolor alguno, y de manera que podía ponerse en camino. A lo de decir su nombre y adónde iba, no dijo otra cosa sino que se llamaba Alonso Hurtado, y que iba a Nuestra

Señora de la Peña de Francia a un cierto negocio, y que por llegar con brevedad caminaba de noche, y que la pasada había perdido el camino, y acaso había dado con aquel aduar, donde los perros que le guardaban le habían puesto del modo que había visto.

No le pareció a Andrés legítima esta declaración, sino muy bastarda, y de nuevo volvieron a hacerle cosquillas en el alma sus sospechas; y así, le dijo:

-Hermano, si yo fuera juez y vos hubiérades caído debajo de mi jurisdición por algún delito, el cual pidiera que se os hicieran las preguntas que yo os he hecho, la respuesta que me habéis dado obligara a que os apretara los cordeles. Yo no quiero saber quién sois, cómo os llamáis o adónde vais; pero adviértoos que, si os conviene mentir en este vuestro viaje, mintáis con más apariencia de verdad. Decís que vais a la Peña de Francia, y dejáisla a la mano derecha, más atrás deste lugar donde estamos bien treinta leguas; camináis de noche por llegar presto, y vais fuera de camino por entre bosques y encinares que no tienen sendas apenas, cuanto más caminos. Amigo, levantaos y aprended a mentir, y andad en hora buena. Pero, por este buen aviso que os doy, ¿no me diréis una verdad? (que sí diréis, pues tan mal sabéis mentir) Decidme: ¿sois por ventura uno que yo he visto muchas veces en la Corte, entre paje y caballero, que tenía fama de ser gran poeta; uno que hizo un romance y un soneto a una gitanilla que los días pasados andaba en Madrid, que era tenida por singular en la belleza? Decídmelo, que yo os prometo por la fe de caballero gitano de guardaros el secreto que vos viéredes que os conviene. Mirad que negarme la verdad, de que no sois el que yo digo, no llevaría camino, porque este rostro que yo veo aquí es el que vi en Madrid. Sin duda alguna que la gran fama de vuestro entendimiento me hizo muchas veces que os mirase como a hombre raro e insigne, y así se me quedó en la memoria vuestra figura, que os he venido a conocer por ella, aun puesto en el diferente traje en que estáis agora del en que yo os vi entonces. No os turbéis; animaos, y no penséis que habéis llegado a un pueblo de ladrones, sino a un asilo que os sabrá guardar y defender de todo el mundo. Mirad, yo imagino una cosa, y si es ansí como la imagino, vos habéis topado con vuestra buena suerte en haber encontrado conmigo. Lo que imagino es que, enamorado de Preciosa, aquella hermosa gitanica a quien hicisteis los versos, habéis venido a buscarla, por lo que yo no os tendré en menos, sino en mucho más; que, aunque gitano, la esperiencia me ha mostrado adónde se estiende la poderosa fuerza de amor, y las transformaciones que hace hacer a los que coge debajo de su jurisdición y mando. Si esto es así, como creo que sin duda lo es, aquí está la gitanica.

-Sí, aquí está, que yo la vi anoche -dijo el mordido; razón con que Andrés quedó como difunto, pareciéndole que había salido al cabo con la confirmación de sus sospechas-. Anoche la vi -tornó a referir el mozo-, pero no me atreví a decirle quién era, porque no me convenía.
-Desa manera -dijo Andrés-, vos sois el poeta que yo he

dicho.

-Sí soy -replicó el mancebo-; que no lo puedo ni lo quiero negar. Quizá podía ser que donde he pensado perderme hubiese venido a ganarme, si es que hay fidelidad en las selvas y buen acogimiento en los montes.

-Hayle, sin duda -respondió Andrés-, y entre nosotros, los gitanos, el mayor secreto del mundo. Con esta confianza podéis, señor, descubrirme vuestro pecho, que hallaréis en el mío lo que veréis, sin doblez alguno. La gitanilla es parienta mía, y está sujeta a lo que quisiere hacer della; si la quisiéredes por esposa, yo y todos sus parientes gustaremos dello; y si por amiga, no usaremos de ningún melindre, con tal que tengáis dineros, porque la codicia por jamás sale de nuestros ranchos.

-Dineros traigo -respondió el mozo-: en estas mangas de camisa que traigo ceñida por el cuerpo vienen cuatrocientos escudos de oro.

Éste fue otro susto mortal que recibió Andrés, viendo que el traer tanto dinero no era sino para conquistar o comprar su prenda; y, con lengua ya turbada, dijo:

-Buena cantidad es ésa; no hay sino descubriros, y manos a labor, que la muchacha, que no es nada boba, verá cuán bien le está ser vuestra.

-¡Ay amigo! -dijo a esta sazón el mozo-, quiero que sepáis que la fuerza que me ha hecho mudar de traje no es la de amor, que vos decís, ni de desear a Preciosa, que hermosas tiene Madrid que pueden y saben robar los corazones y rendir las almas tan bien y mejor que las más hermosas gitanas, puesto que confieso que la hermosura de vuestra parienta a todas las que yo he visto se aventaja. Quien me tiene en este traje, a pie y mordido de perros, no es amor, sino desgracia mía.

Con estas razones que el mozo iba diciendo, iba Andrés cobrando los espíritus perdidos, pareciéndole que se encaminaban a otro paradero del que él se imaginaba; y deseoso de salir de aquella confusión, volvió a reforzarle la seguridad con que podía descubrirse; y así, él prosiguió diciendo:

-«Yo estaba en Madrid en casa de un título, a quien servía no como a señor, sino como a pariente. Éste tenía un hijo, único heredero suyo, el cual, así por el parentesco como por ser ambos de una edad y de una condición misma, me trataba con familiaridad y amistad grande. Sucedió que este caballero se enamoró de una doncella principal, a quien él escogiera de bonísima gana para su esposa, si no tuviera la voluntad sujeta, como buen hijo, a la de sus padres, que aspiraban a casarle más altamente; pero, con todo eso, la servía a hurto de todos los ojos que pudieran, con las lenguas, sacar a la plaza sus deseos; solos los míos eran testigos de sus intentos. Y una noche, que debía de haber escogido la desgracia para el caso que ahora os diré, pasando los dos por la puerta y calle desta señora, vimos arrimados a ella dos hombres, al parecer, de buen talle. Quiso reconocerlos mi pariente, y apenas se encaminó hacia ellos, cuando echaron con mucha ligereza mano a las espadas y a dos broqueles, y se vinieron a nosotros, que hicimos lo mismo, y con iguales armas nos acometimos. Duró poco la pendencia, porque no duró mucho la vida de los dos contrarios, que, de dos estocadas que guiaron los celos de mi pariente y la defensa que yo le hacía, las perdieron (caso estraño y pocas veces visto). Triunfando, pues, de lo que no quisiéramos, volvimos a casa, y, secretamente, tomando todos los dineros que podimos, nos fuimos a San Jerónimo, esperando el día, que descubriese lo sucedido y las presunciones que se tenían de los matadores. Supimos que de nosotros no había indicio alguno, y aconsejáronnos los prudentes religiosos que nos volviésemos a casa, y que no diésemos ni despertásemos con nuestra ausencia alguna sospecha contra nosotros. Y, ya que estábamos determinados de seguir su parecer, nos avisaron que los señores alcaldes de Corte habían preso en su casa a los padres de la doncella y a la misma doncella, y que entre otros criados a quien tomaron la confesión, una criada de la señora dijo cómo mi pariente paseaba a su señora de noche y de día; y que con este indicio habían acudido a buscarnos, y, no hallándonos, sino muchas señales de nuestra fuga, se confirmó en toda la Corte ser nosotros los matadores de aquellos dos caballeros, que lo eran, y muy principales. Finalmente, con parecer del conde mi pariente, y del de los religiosos, después de quince días que estuvimos escondidos en el monasterio, mi camarada, en hábito de fraile, con otro fraile se fue la vuelta de Aragón, con intención de pasarse a Italia, y desde allí a Flandes, hasta ver en qué paraba el caso. Yo quise dividir y apartar nuestra fortuna, y que no corriese nuestra suerte por una misma derrota; seguí otro camino diferente del suyo, y, en hábito de mozo de fraile, a pie, salí con un religioso, que me dejó en Talavera; desde allí aquí he venido solo y fuera de camino, hasta que anoche llegué a este encinal, donde me ha sucedido lo que habéis visto. Y si pregunté por el camino de la Peña de Francia, fue por responder algo a lo que se me preguntaba; que en verdad que no sé dónde cae la Peña de Francia, puesto que sé que está más arriba de Salamanca.»

-Así es verdad -respondió Andrés-, y ya la dejáis a mano derecha, casi veinte leguas de aquí; porque veáis cuán derecho camino llevábades si allá fuérades.

-El que yo pensaba llevar -replicó el mozo- no es sino a Sevilla; que allí tengo un caballero ginovés, grande amigo del conde mi pariente, que suele enviar a Génova gran cantidad de plata, y llevo disignio que me acomode con los que la suelen llevar, como uno dellos; y con esta estratagema seguramente podré pasar hasta Cartagena, y de allí a Italia, porque han de venir dos galeras muy presto a embarcar esta plata. Ésta es, buen amigo, mi historia: mirad si puedo decir que nace más de desgracia pura que de amores aguados. Pero si estos señores gitanos quisiesen llevarme en su compañía hasta Sevilla, si es que van allá, yo se lo pagaría muy bien; que me doy a entender que en su compañía iría más seguro, y no con el temor que llevo.

-Sí llevarán -respondió Andrés-; y si no fuéredes en

nuestro aduar, porque hasta ahora no sé si va al Andalucía, iréis en otro que creo que habemos de topar dentro de dos días, y con darles algo de lo que lleváis, facilitaréis con ellos otros imposibles mayores.

Dejóle Andrés, y vino a dar cuenta a los demás gitanos de lo que el mozo le había contado y de lo que pretendía, con el ofrecimiento que hacía de la buena paga y recompensa. Todos fueron de parecer que se quedase en el aduar. Sólo Preciosa tuvo el contrario, y la abuela dijo que ella no podía ir a Sevilla, ni a sus contornos, a causa que los años pasados había hecho una burla en Sevilla a un gorrero llamado Triguillos, muy conocido en ella, al cual le había hecho meter en una tinaja de agua hasta el cuello, desnudo en carnes, y en la cabeza puesta una corona de ciprés, esperando el filo de la media noche para salir de la tinaja a cavar y sacar un gran tesoro que ella le había hecho creer que estaba en cierta parte de su casa. Dijo que, como oyó el buen gorrero tocar a maitines, por no perder la coyuntura, se dio tanta priesa a salir de la tinaja que dio con ella y con él en el suelo, y con el golpe y con los cascos se magulló las carnes, derramóse el agua y él quedó nadando en ella, y dando voces que se anegaba. Acudieron su mujer y sus vecinos con luces, y halláronle haciendo efectos de nadador, soplando y arrastrando la barriga por el suelo, y meneando brazos y piernas con mucha priesa, y diciendo a grandes voces:

¡Socorro, señores, que me ahogo!; tal le tenía el miedo, que verdaderamente pensó que se ahogaba.

Abrazáronse con él, sacáronle de aquel peligro, volvió en sí, contó la burla de la gitana, y, con todo eso, cavó en la parte señalada más de un estado en hondo, a pesar de todos cuantos le decían que era embuste mío; y si no se lo estorbara un vecino suyo, que tocaba ya en los cimientos de su casa, él diera con entrambas en el suelo, si le dejaran cavar todo cuanto él quisiera. Súpose este cuento por toda la ciudad, y hasta los muchachos le señalaban con el dedo y contaban su credulidad y mi embuste.

Esto contó la gitana vieja, y esto dio por escusa para no ir a Sevilla. Los gitanos, que ya sabían de Andrés Caballero que el mozo traía dineros en cantidad, con facilidad le acogieron en su compañía y se ofrecieron de guardarle y encubrirle todo el tiempo que él quisiese, y determinaron de torcer el camino a mano izquierda y entrarse en la Mancha y en el reino de Murcia.

Llamaron al mozo y diéronle cuenta de lo que pensaban hacer por él; él se lo agradeció y dio cien escudos de oro para que los repartiesen entre todos. Con esta dádiva quedaron más blandos que unas martas; sólo a Preciosa no contentó mucho la quedada de don Sancho, que así dijo el mozo que se llamaba; pero los gitanos se le mudaron en el de Clemente, y así le llamaron desde allí adelante. También quedó un poco torcido Andrés, y no bien satisfecho de haberse quedado Clemente, por parecerle que con poco fundamento había dejado sus primeros designios. Mas Clemente, como si le leyera la intención, entre otras cosas le dijo que se holgaba de ir al reino de Murcia, por estar cerca de Cartagena, adonde si viniesen galeras, como él pensaba que habían de venir, pudiese con facilidad pasar a Italia. Finalmente, por traelle más ante los ojos y mirar sus acciones y escudriñar sus pensamientos, quiso Andrés que fuese Clemente su camarada, y Clemente tuvo esta amistad por gran favor que se le hacía. Andaban siempre juntos, gastaban largo, llovían escudos, corrían, saltaban, bailaban y tiraban la barra mejor que ninguno de los gitanos, y eran de las gitanas más que medianamente queridos, y de los gitanos en todo estremo respectados. Dejaron, pues, a Estremadura y entráronse en la Mancha, y poco a poco fueron caminando al reino de Murcia. En todas las aldeas y lugares que pasaban había desafíos de pelota, de esgrima, de correr, de saltar, de tirar la barra y de otros ejercicios de fuerza, maña y ligereza, y de todos salían vencedores Andrés y Clemente, como de solo Andrés queda dicho. Y en todo este tiempo, que fueron más de mes y medio, nunca tuvo Clemente ocasión, ni él la procuró, de hablar a Preciosa, hasta que un día, estando juntos Andrés y ella, llegó él a la conversación, porque le llamaron, y Preciosa le dijo:

-Desde la vez primera que llegaste a nuestro aduar te conocí, Clemente, y se me vinieron a la memoria los versos que en Madrid me diste; pero no quise decir nada, por no saber con qué intención venías a nuestras estancias; y, cuando supe tu desgracia, me pesó en el alma, y se aseguró mi pecho, que estaba sobresaltado, pensando que como había don Joanes en el mundo, y que se mudaban en Andreses, así podía haber don Sanchos que se mudasen en otros nombres. Háblote desta manera porque Andrés me ha dicho que te ha dado cuenta de quién es y de la intención con que se ha vuelto gitano -y así era la verdad; que Andrés le había hecho sabidor de toda su historia, por poder comunicar con él sus pensamientos-. Y no pienses que te fue de poco provecho el conocerte, pues por mi respecto y por lo que yo de ti dije, se facilitó el acogerte y admitirte en nuestra compañía, donde plega a Dios te suceda todo el bien que acertares a desearte. Este buen deseo quiero que me pagues en que no afees a Andrés la bajeza de su intento, ni le pintes cuán mal le está perserverar en este estado; que, puesto que yo imagino que debajo de los candados de mi voluntad está la suya, todavía me pesaría de verle dar muestras, por mínimas que fuesen, de algún arrepentimiento.

A esto respondió Clemente:

-No pienses, Preciosa única, que don Juan con ligereza de ánimo me descubrió quién era: primero le conocí yo, y primero me descubrieron sus ojos sus intentos; primero le dije yo quién era, y primero le adiviné la prisión de su voluntad que tú señalas; y él, dándome el crédito que era razón que me diese, fió de mi secreto el suyo, y él es buen testigo si alabé su determinación y escogido empleo; que no soy, ¡oh Preciosa!, de tan corto ingenio que no alcance hasta dónde se estienden las fuerzas de la hermosura; y la tuya, por pasar de los límites de los mayores estremos de belleza, es disculpa bastante de mayores yerros, si es que deben llamarse yerros los que se hacen con tan forzosas causas. Agradézcote, señora, lo que en mi crédito dijiste, y yo pienso pagártelo en desear que estos enredos amorosos salgan a fines felices, y que tú goces de tu Andrés, y Andrés de su Preciosa, en conformidad y gusto de sus padres, porque de tan hermosa junta veamos en el mundo los más bellos renuevos que pueda formar la bien intencionada naturaleza. Esto desearé yo, Preciosa, y esto le diré siempre a tu Andrés, y no cosa alguna que le divierta de sus bien colocados pensamientos.

Con tales afectos dijo las razones pasadas Clemente, que estuvo en duda Andrés si las había dicho como enamorado o como comedido; que la infernal enfermedad celosa es tan delicada, y de tal manera, que en los átomos del sol se pega, y de los que tocan a la cosa amada se fatiga el amante y se desespera. Pero, con todo esto, no tuvo celos confirmados, más fiado de la bondad de Preciosa que de la ventura suya, que siempre los enamorados se tienen por infelices en tanto que no alcanzan lo que desean. En fin, Andrés y Clemente eran camaradas y grandes amigos, asegurándolo todo la buena intención de Clemente y el recato y prudencia de Preciosa, que jamás dio ocasión a que Andrés tuviese della celos.

Tenía Clemente sus puntas de poeta, como lo mostró en los versos que dio a Preciosa, y Andrés se picaba un poco, y entrambos eran aficionados a la música. Sucedió, pues, que, estando el aduar alojado en un valle cuatro leguas de Murcia, una noche, por entretenerse, sentados los dos, Andrés al pie de un alcornoque, Clemente al de una encina, cada uno con una guitarra, convidados del silencio de la noche, comenzando Andrés y respondiendo Clemente, cantaron estos versos:

ANDRÉS

>Mira, Clemente, el
>estrellado velo con que
>esta noche fría compite
>con el día,
>de luces bellas
>adornando el cielo; y en
>esta semejanza,
>si tanto tu divino
>ingenio alcanza, aquel
>rostro figura donde
>asiste el extremo de
>hermosura.

CLEMENTE

>Donde asiste el estremo
>de hermosura, y adonde
>la Preciosa honestidad
>hermosa con todo
>extremo de bondad se
>apura,

en un sujeto cabe, que no hay humano ingenio que le alabe, si no toca en divino, en alto, en raro, en grave y peregrino.

ANDRÉS

En alto, en raro, en grave y peregrino estilo nunca usado, al cielo levantado, por dulce al mundo y sin igual camino, tu nombre, ¡oh gitanilla!, causando asombro, espanto y maravilla, la fama yo quisiera
que le llevara hasta la octava esfera.

CLEMENTE

Que le llevara hasta la octava esfera fuera decente y justo,
dando a los cielos gusto, cuando el son de su nombre allá se

oyera, y en la tierra causara, por donde el dulce nombre resonara, música en los oídos paz en las almas, gloria en los sentidos.

ANDRÉS

Paz en las almas, gloria en los sentidos se siente cuando canta la sirena, que encanta
y adormece a los más apercebidos; y tal es mi Preciosa,
que es lo menos que tiene ser hermosa: dulce regalo mío,
corona del donaire, honor del brío.

CLEMENTE

Corona del donaire, honor del brío eres, bella gitana,

frescor de la
mañana, céfiro blando
en el ardiente estío;
rayo con que Amor ciego
convierte el pecho más de
nieve en fuego; fuerza que
ansí la hace,
que blandamente mata y
satisface.

Señales iban dando de no acabar tan presto el libre y el cautivo, si no sonara a sus espaldas la voz de Preciosa, que las suyas había escuchado. Suspendiólos el oírla, y, sin moverse, prestándola maravillosa atención, la escucharon. Ella (o no sé si de improviso, o si en algún tiempo los versos que cantaba le compusieron), con estremada gracia, como si para responderles fueran hechos, cantó los siguientes:

-En esta empresa
amorosa, donde el
amor entretengo, por
mayor ventura tengo
ser honesta que
hermosa.
La que es más humilde
planta,
si la subida endereza,
por gracia o naturaleza

a los cielos se levanta.
En este mi bajo cobre,
siendo honestidad su esmalte,
no hay buen deseo que falte ni riqueza que no sobre.
No me causa alguna pena no quererme o no estimarme;
que yo pienso fabricarme mi suerte y ventura buena.
Haga yo lo que en mí es,
que a ser buena me encamine,
y haga el cielo y determine
lo que quisiere después.
Quiero ver si la belleza tiene tal prerrogativa,
que me encumbre tan arriba,
que aspire a mayor alteza.
Si las almas son iguales, podrá la de un labrador igualarse por valor con las que son

>   imperiales.
> De la mía lo que siento
>   me sube al grado
>   mayor, porque
>   majestad
>   y amor no tienen un
>   mismo asiento.

Aquí dio fin Preciosa a su canto, y Andrés y Clemente se levantaron a recebilla. Pasaron entre los tres discretas razones, y Preciosa descubrió en las suyas su discreción, su honestidad y su agudeza, de tal manera que en Clemente halló disculpa la intención de Andrés, que aún hasta entonces no la había hallado, juzgando más a mocedad que a cordura su arrojada determinación.

Aquella mañana se levantó el aduar y se fueron a alojar en un lugar de la jurisdición de Murcia, tres leguas de la ciudad, donde le sucedió a Andrés una desgracia que le puso en punto de perder la vida. Y fue que, después de haber dado en aquel lugar algunos vasos y prendas de plata en fianzas, como tenían de costumbre, Preciosa y su abuela y Cristina, con otras dos gitanillas y los dos, Clemente y Andrés, se alojaron en un mesón de una viuda rica, la cual tenía una hija de edad de diez y siete o diez y ocho años, algo más desenvuelta que hermosa; y, por más señas, se llamaba Juana Carducha. Ésta, habiendo visto bailar a las gitanas y gitanos, la tomó el diablo, y se enamoró de Andrés tan fuertemente que propuso de decírselo y tomarle por marido, si él quisiese, aunque a todos sus parientes les pesase; y así, buscó coyuntura para decírselo, y hallóla en un corral donde Andrés había entrado a requerir dos pollinos. Llegóse a él, y con priesa, por no ser vista, le dijo:

-Andrés -que ya sabía su nombre-, yo soy doncella y rica; que mi madre no tiene otro hijo sino a mí, y este mesón es suyo; y amén desto tiene muchos majuelos y otros dos pares de casas. Hasme parecido bien: si me quieres por esposa, a ti está; respóndeme presto, y si eres discreto, quédate y verás qué vida nos damos.

Admirado quedó Andrés de la resolución de la Carducha, y con la presteza que ella pedía le respondió:
-Señora doncella, yo estoy apalabrado para casarme, y los gitanos no nos casamos sino con gitanas; guárdela Dios por la merced que me quería hacer, de quien yo no soy digno.

No estuvo en dos dedos de caerse muerta la Carducha con la aceda respuesta de Andrés, a quien replicara si no viera que entraban en el corral otras gitanas. Salióse corrida y asendereada, y de buena gana se vengara si pudiera. Andrés, como discreto, determinó de poner tierra en medio y desviarse de aquella ocasión que el diablo le ofrecía; que bien leyó en los ojos de la Carducha que sin los lazos matrimoniales se le entregara a toda su voluntad, y no quiso verse pie a pie y solo en aquella estacada; y así, pidió a todos los gitanos que aquella noche se partiesen de aquel lugar. Ellos, que siempre le obedecían, lo pusieron luego por obra, y, cobrando sus fianzas aquella tarde, se fueron.

La Carducha, que vio que en irse Andrés se le iba la mitad de su alma, y que no le quedaba tiempo para solicitar el cumplimiento de sus deseos, ordenó de hacer quedar a Andrés por fuerza, ya que de grado no podía. Y así, con la industria, sagacidad y secreto que su mal intento le enseñó, puso entre las alhajas de Andrés, que ella conoció por suyas, unos ricos corales y dos patenas de plata, con otros brincos suyos; y, apenas habían salido del mesón, cuando dio voces, diciendo que aquellos gitanos le llevaban robadas sus joyas, a cuyas voces acudió la justicia y toda la gente del pueblo.

Los gitanos hicieron alto, y todos juraban que ninguna cosa llevaban hurtada, y que ellos harían patentes todos los sacos y repuestos de su aduar. Desto se congojó mucho la gitana vieja, temiendo que en aquel escrutinio no se manifestasen los dijes de la Preciosa y los vestidos de Andrés, que ella con gran cuidado y recato guardaba; pero la buena de la Carducha lo remedió con mucha brevedad todo, porque al segundo envoltorio que miraron dijo que preguntasen cuál era el de aquel gitano gran bailador, que ella le había visto entrar en su aposento dos veces, y que podría ser que aquél las llevase. Entendió Andrés que por él lo decía y, riéndose, dijo:

-Señora doncella, ésta es mi recámara y éste es mi pollino; si vos halláredes en ella ni en él lo que os falta, yo os lo pagaré con las setenas, fuera de sujetarme al castigo que la ley da a los ladrones.

Acudieron luego los ministros de la justicia a desvalijar el pollino, y a pocas vueltas dieron con el hurto, de que quedó tan espantado Andrés y tan absorto, que no pareció sino estatua, sin voz, de piedra dura.

-¿No sospeché yo bien? -dijo a esta sazón la Carducha-. ¡Mirad con qué buena cara se encubre un ladrón tan grande!

El alcalde, que estaba presente, comenzó a decir mil injurias a Andrés y a todos los gitanos, llamándolos de públicos ladrones y salteadores de caminos. A todo callaba Andrés, suspenso e imaginativo, y no acababa de caer en la traición de la Carducha. En esto se llegó a él un soldado bizarro, sobrino del alcalde, diciendo:

-¿No veis cuál se ha quedado el gitanico podrido de hurtar? Apostaré yo que hace melindres y que niega el hurto, con habérsele cogido en las manos; que bien haya quien no os echa en galeras a todos. ¡Mirad si estuviera mejor este bellaco en ellas, sirviendo a su Majestad, que no andarse bailando de lugar en lugar y hurtando de venta en monte! A fe de soldado, que estoy por darle una bofetada que le derribe a mis pies.

Y, diciendo esto, sin más ni más, alzó la mano y le dio un bofetón tal, que le hizo volver de su embelesamiento, y le hizo acordar que no era Andrés Caballero, sino don Juan, y caballero; y, arremetiendo al soldado con mucha presteza y más cólera, le arrancó su misma espada de la vaina y se la envainó en el cuerpo, dando con él muerto en tierra.

Aquí fue el gritar del pueblo, aquí el amohinarse el tío

alcalde, aquí el desmayarse Preciosa y el turbarse Andrés de verla desmayada; aquí el acudir todos a las armas y dar tras el homicida. Creció la confusión, creció la grita, y, por acudir Andrés al desmayo de Preciosa, dejó de acudir a su defensa; y quiso la suerte que Clemente no se hallase al desastrado suceso, que con los bagajes había ya salido del pueblo. Finalmente, tantos cargaron sobre Andrés, que le prendieron y le aherrojaron con dos muy gruesas cadenas. Bien quisiera el alcalde ahorcarle luego, si estuviera en su mano, pero hubo de remitirle a Murcia, por ser de su jurisdición. No le llevaron hasta otro día, y en el que allí estuvo, pasó Andrés muchos martirios y vituperios que el indignado alcalde y sus ministros y todos los del lugar le hicieron. Prendió el alcalde todos los más gitanos y gitanas que pudo, porque los más huyeron, y entre ellos Clemente, que temió ser cogido y descubierto.

Finalmente, con la sumaria del caso y con una gran cáfila de gitanos, entraron el alcalde y sus ministros con otra mucha gente armada en Murcia, entre los cuales iba Preciosa, y el pobre Andrés, ceñido de cadenas, sobre un macho y con esposas y piedeamigo. Salió toda Murcia a ver los presos, que ya se tenía noticia de la muerte del soldado. Pero la hermosura de Preciosa aquel día fue tanta, que ninguno la miraba que no la bendecía, y llegó la nueva de su belleza a los oídos de la señora corregidora, que por curiosidad de verla hizo que el corregidor, su marido, mandase que aquella gitanica no entrase en la cárcel, y todos los demás sí. Y a Andrés le pusieron en un estrecho calabozo, cuya escuridad, y la falta de la luz de Preciosa, le trataron de manera que bien pensó no salir de allí sino para la sepultura. Llevaron a Preciosa con su abuela a que la corregidora la viese, y, así como la vio, dijo:

-Con razón la alaban de hermosa.

Y, llegándola a sí, la abrazó tiernamente, y no se hartaba de mirarla, y preguntó a su abuela que qué edad tendría aquella niña.

-Quince años -respondió la gitana-, dos meses más a menos.

-Esos tuviera agora la desdichada de mi Costanza. ¡Ay, amigas, que esta niña me ha renovado mi desventura! -dijo la corregidora.

Tomó en esto Preciosa las manos de la corregidora, y, besándoselas muchas veces, se las bañaba con lágrimas y le decía:

-Señora mía, el gitano que está preso no tiene culpa, porque fue provocado: llamáronle ladrón, y no lo es; diéronle un bofetón en su rostro, que es tal que en él se descubre la bondad de su ánimo. Por Dios y por quien vos sois, señora, que le hagáis guardar su justicia, y que el señor corregidor no se dé priesa a ejecutar en él el castigo con que las leyes le amenazan; y si algún agrado os ha dado mi hermosura, entretenedla con entretener el preso, porque en el fin de su vida está el de la mía. Él ha de ser mi esposo, y justos y honestos impedimentos han estorbado que aun hasta ahora no nos habemos dado las manos. Si dineros fueren menester para alcanzar perdón de la parte, todo nuestro aduar se venderá en pública almoneda, y se dará aún más de lo que pidieren. Señora mía, si sabéis qué es amor, y algún tiempo le tuvistes, y ahora le tenéis a vuestro esposo, doleos de mí, que amo tierna y honestamente al mío.

En todo el tiempo que esto decía, nunca la dejó las manos, ni apartó los ojos de mirarla atentísimamente, derramando amargas y piadosas lágrimas en mucha abundancia. Asimismo, la corregidora la tenía a ella asida de las suyas, mirándola ni más ni menos, con no menor ahínco y con no más pocas lágrimas. Estando en esto, entró el corregidor, y, hallando a su mujer y a Preciosa tan llorosas y tan encadenadas, quedó suspenso, así de su llanto como de la hermosura. Preguntó la causa de aquel sentimiento, y la respuesta que dio Preciosa fue soltar las manos de la corregidora y asirse de los pies del corregidor, diciéndole:

-¡Señor, misericordia, misericordia! ¡Si mi esposo muere, yo soy muerta! Él no tiene culpa; pero si la tiene, déseme a mí la pena, y si esto no puede ser, a lo menos entreténgase el pleito en tanto que se procuran y buscan los medios posibles para su remedio; que podrá ser que al que no pecó de malicia le enviase el cielo la salud de gracia.

Con nueva suspensión quedó el corregidor de oír las discretas razones de la gitanilla, y que ya, si no fuera por no dar indicios de flaqueza, le acompañara en sus lágrimas.

En tanto que esto pasaba, estaba la gitana vieja

considerando grandes, muchas y diversas cosas; y, al cabo de toda esta suspensión y imaginación, dijo:

-Espérenme vuesas mercedes, señores míos, un poco, que yo haré que estos llantos se conviertan en risa, aunque a mí me cueste la vida.

Y así, con ligero paso, se salió de donde estaba, dejando a los presentes confusos con lo que dicho había. En tanto, pues, que ella volvía, nunca dejó Preciosa las lágrimas ni los ruegos de que se entretuviese la causa de su esposo, con intención de avisar a su padre que viniese a entender en ella. Volvió la gitana con un pequeño cofre debajo del brazo, y dijo al corregidor que con su mujer y ella se entrasen en un aposento, que tenía grandes cosas que decirles en secreto. El corregidor, creyendo que algunos hurtos de los gitanos quería descubrirle, por tenerle propicio en el pleito del preso, al momento se retiró con ella y con su mujer en su recámara, adonde la gitana, hincándose de rodillas ante los dos, les dijo:

-Si las buenas nuevas que os quiero dar, señores, no merecieren alcanzar en albricias el perdón de un gran pecado mío, aquí estoy para recebir el castigo que quisiéredes darme; pero antes que le confiese quiero que me digáis, señores, primero, si conocéis estas joyas.

Y, descubriendo un cofrecico donde venían las de Preciosa, se le puso en las manos al corregidor, y, en abriéndole, vio aquellos dijes pueriles; pero no cayó en lo que podían significar. Mirólos también la corregidora, pero tampoco dio en la cuenta; sólo dijo:

-Estos son adornos de alguna pequeña criatura.

-Así es la verdad -dijo la gitana-; y de qué criatura sean lo dice ese escrito que está en ese papel doblado.

Abrióle con priesa el corregidor y leyó que decía:

Llamábase la niña doña Constanza de Azevedo y de Meneses; su madre, doña Guiomar de Meneses, y su padre, don Fernando de Azevedo, caballero del hábito de Calatrava. Desparecíla día de la Ascensión del Señor, a las ocho de la mañana, del año de mil y quinientos y noventa y cinco. Traía la niña puestos estos brincos que en este cofre están guardados.

Apenas hubo oído la corregidora las razones del papel, cuando reconoció los brincos, se los puso a la boca, y, dándoles infinitos besos, se cayó desmayada. Acudió el corregidor a ella, antes que a preguntar a la gitana por su hija, y, habiendo vuelto en sí, dijo:

-Mujer buena, antes ángel que gitana, ¿a dónde está el dueño, digo la criatura cuyos eran estos dijes?

-¿Adónde, señora? -respondió la gitana-. En vuestra casa la tenéis: aquella gitanica que os sacó las lágrimas de los ojos es su dueño, y es sin duda alguna vuestra hija; que yo la hurté en Madrid de vuestra casa el día y hora que ese papel dice.

Oyendo esto la turbada señora, soltó los chapines, y desalada y corriendo salió a la sala adonde había dejado a Preciosa, y hallóla rodeada de sus doncellas y criadas, todavía llorando. Arremetió a ella, y, sin decirle nada, con gran priesa le desabrochó el pecho y miró si tenía debajo de la teta izquierda una señal pequeña, a modo

de lunar blanco, con que había nacido, y hallóle ya grande, que con el tiempo se había dilatado. Luego, con la misma celeridad, la descalzó, y descubrió un pie de nieve y de marfil, hecho a torno, y vio en él lo que buscaba, que era que los dos dedos últimos del pie derecho se trababan el uno con el otro por medio con un poquito de carne, la cual, cuando niña, nunca se la habían querido cortar por no darle pesadumbre. El pecho, los dedos, los brincos, el día señalado del hurto, la confesión de la gitana y el sobresalto y alegría que habían recebido sus padres cuando la vieron, con toda verdad confirmaron en el alma de la corregidora ser Preciosa su hija. Y así, cogiéndola en sus brazos, se volvió con ella adonde el corregidor y la gitana estaban. Iba Preciosa confusa, que no sabía a qué efeto se habían hecho con ella aquellas diligencias; y más, viéndose llevar en brazos de la corregidora, y que le daba de un beso hasta ciento. Llegó, en fin, con la preciosa carga doña Guiomar a la presencia de su marido, y, trasladándola de sus brazos a los del corregidor, le dijo:
-Recebid, señor, a vuestra hija Costanza, que ésta es sin duda; no lo dudéis, señor, en ningún modo, que la señal de los dedos juntos y la del pecho he visto; y más, que a mí me lo está diciendo el alma desde el instante que mis ojos la vieron.
-No lo dudo -respondió el corregidor, teniendo en sus brazos a Preciosa-, que los mismos efetos han pasado por la mía que por la vuestra; y más, que tantas puntualidades juntas, ¿cómo podían suceder, si no fuera

por milagro?

Toda la gente de casa andaba absorta, preguntando unos a otros qué sería aquello, y todos daban bien lejos del blanco; que, ¿quién había de imaginar que la gitanilla era hija de sus señores? El corregidor dijo a su mujer y a su hija, y a la gitana vieja, que aquel caso estuviese secreto hasta que él le descubriese; y asimismo dijo a la vieja que él la perdonaba el agravio que le había hecho en hurtarle el alma, pues la recompensa de habérsela vuelto mayores albricias recebía; y que sólo le pesaba de que, sabiendo ella la calidad de Preciosa, la hubiese desposado con un gitano, y más con un ladrón y homicida.

-¡Ay! -dijo a esto Preciosa-, señor mío, que ni es gitano ni ladrón, puesto que es matador; pero fuelo del que le quitó la honra, y no pudo hacer menos de mostrar quién era y matarle.

-¿Cómo que no es gitano, hija mía? -dijo doña Guiomar.

Entonces la gitana vieja contó brevemente la historia de Andrés Caballero, y que era hijo de don Francisco de Cárcamo, caballero del hábito de Santiago, y que se llamaba don Juan de Cárcamo; asimismo del mismo hábito, cuyos vestidos ella tenía, cuando los mudó en los de gitano. Contó también el concierto que entre Preciosa y don Juan estaba hecho, de aguardar dos años de aprobación para desposarse o no. Puso en su punto la honestidad de entrambos y la agradable condición de don Juan.

Tanto se admiraron desto como del hallazgo de su hija,

y mandó el corregidor a la gitana que fuese por los vestidos de don Juan. Ella lo hizo ansí, y volvió con otro gitano, que los trujo.

En tanto que ella iba y volvía, hicieron sus padres a Preciosa cien mil preguntas, a quien respondió con tanta discreción y gracia que, aunque no la hubieran reconocido por hija, los enamorara. Preguntáronla si tenía alguna afición a don Juan. Respondió que no más de aquella que le obligaba a ser agradecida a quien se había querido humillar a ser gitano por ella; pero que ya no se estendería a más el agradecimiento de aquello que sus señores padres quisiesen.

-Calla, hija Preciosa -dijo su padre-, que este nombre de Preciosa quiero que se te quede, en memoria de tu pérdida y de tu hallazgo; que yo, como tu padre, tomo a cargo el ponerte en estado que no desdiga de quién eres. Suspiró oyendo esto Preciosa, y su madre (como era discreta, entendió que suspiraba de enamorada de don Juan) dijo a su marido:

-Señor, siendo tan principal don Juan de Cárcamo como lo es, y queriendo tanto a nuestra hija, no nos estaría mal dársela por esposa.

Y él respondió:

-Aun hoy la habemos hallado, ¿y ya queréis que la perdamos? Gocémosla algún tiempo; que, en casándola, no será nuestra, sino de su marido.

-Razón tenéis, señor -respondió ella-, pero dad orden de sacar a don Juan, que debe de estar en algún calabozo.

-Sí estará -dijo Preciosa-; que a un ladrón, matador y,

sobre todo, gitano, no le habrán dado mejor estancia.

-Yo quiero ir a verle, como que le voy a tomar la confesión -res-pondió el corregidor-, y de nuevo os encargo, señora, que nadie sepa esta historia hasta que yo lo quiera.

Y, abrazando a Preciosa, fue luego a la cárcel y entró en el calabozo donde don Juan estaba, y no quiso que nadie entrase con él. Hallóle con entrambos pies en un cepo y con las esposas a las manos, y que aún no le habían quitado el piedeamigo. Era la estancia escura, pero hizo que por arriba abriesen una lumbrera, por donde entraba luz, aunque muy escasa; y, así como le vio, le dijo:

-¿Cómo está la buena pieza? ¡Que así tuviera yo atraillados cuantos gitanos hay en España, para acabar con ellos en un día, como Nerón quisiera con Roma, sin dar más de un golpe! Sabed, ladrón puntoso, que yo soy el corregidor desta ciudad, y vengo a saber, de mí a vos, si es verdad que es vuestra esposa una gitanilla que viene con vosotros.

Oyendo esto Andrés, imaginó que el corregidor se debía de haber enamorado de Preciosa; que los celos son de cuerpos sutiles y se entran por otros cuerpos sin romperlos, apartarlos ni dividirlos; pero, con todo esto, respondió:

-Si ella ha dicho que yo soy su esposo, es mucha verdad; y si ha dicho que no lo soy, también ha dicho verdad, porque no es posible que Preciosa diga mentira.

-¿Tan verdadera es? -respondió el corregidor-. No es poco serlo, para ser gitana. Ahora bien, mancebo, ella ha dicho que es vuestra esposa, pero que nunca os ha dado la mano. Ha sabido que, según es vuestra culpa, habéis de morir por ella; y hame pedido que antes de vuestra muerte la despose con vos, porque se quiere honrar con quedar viuda de un tan gran ladrón como vos.

-Pues hágalo vuesa merced, señor corregidor, como ella lo suplica; que, como yo me despose con ella, iré contento a la otra vida, como parta désta con nombre de ser suyo.

-¡Mucho la debéis de querer! -dijo el corregidor.

-Tanto -respondió el preso-, que, a poderlo decir, no fuera nada. En efeto, señor corregidor, mi causa se concluya: yo maté al que me quiso quitar la honra; yo adoro a esa gitana, moriré contento si muero en su gracia, y sé que no nos ha de faltar la de Dios, pues entrambos habremos guardado honestamente y con puntualidad lo que nos prometimos.

-Pues esta noche enviaré por vos -dijo el corregidor-, y en mi casa os desposaréis con Preciosica, y mañana a mediodía estaréis en la horca, con lo que yo habré cumplido con lo que pide la justicia y con el deseo de entrambos.

Agradecióselo Andrés, y el corregidor volvió a su casa y dio cuenta a su mujer de lo que con don Juan había pasado, y de otras cosas que pensaba hacer.

En el tiempo que él faltó dio cuenta Preciosa a su madre

de todo el discurso de su vida, y de cómo siempre había creído ser gitana y ser nieta de aquella vieja; pero que siempre se había estimado en mucho más de lo que de ser gitana se esperaba. Preguntóle su madre que le dijese la verdad: si quería bien a don Juan de Cárcamo. Ella, con vergüenza y con los ojos en el suelo, le dijo que por haberse considerado gitana, y que mejoraba su suerte con casarse con un caballero de hábito y tan principal como don Juan de Cárcamo, y por haber visto por experiencia su buena condición y honesto trato, alguna vez le había mirado con ojos aficionados; pero que, en resolución, ya había dicho que no tenía otra voluntad de aquella que ellos quisiesen.

Llegóse la noche, y, siendo casi las diez, sacaron a Andrés de la cárcel, sin las esposas y el piedeamigo, pero no sin una gran cadena que desde los pies todo el cuerpo le ceñía. Llegó dese modo, sin ser visto de nadie, sino de los que le traían, en casa del corregidor, y con silencio y recato le entraron en un aposento, donde le dejaron solo. De allí a un rato entró un clérigo y le dijo que se confesase, porque había de morir otro día. A lo cual respondió Andrés:

-De muy buena gana me confesaré, pero ¿cómo no me desposan primero? Y si me han de desposar, por cierto que es muy malo el tálamo que me espera.

Doña Guiomar, que todo esto sabía, dijo a su marido que eran demasiados los sustos que a don Juan daba; que los moderase, porque podría ser perdiese la vida con ellos. Parecióle buen consejo al corregidor, y así entró a llamar al que le confesaba, y díjole que primero habían de desposar al gitano con Preciosa, la gitana, y que después se confesaría, y que se encomendase a Dios de todo corazón, que muchas veces suele llover sus misericordias en el tiempo que están más secas las esperanzas.

En efeto, Andrés salió a una sala donde estaban solamente doña Guiomar, el corregidor, Preciosa y otros dos criados de casa. Pero, cuando Preciosa vio a don Juan ceñido y aherrojado con tan gran cadena, descolorido el rostro y los ojos con muestra de haber llorado, se le cubrió el corazón y se arrimó al brazo de su madre, que junto a ella estaba, la cual, abrazándola consigo, le dijo:

-Vuelve en ti, niña, que todo lo que vees ha de redundar en tu gusto y provecho.

Ella, que estaba ignorante de aquello, no sabía cómo consolarse, y la gitana vieja estaba turbada, y los circunstantes, colgados del fin de aquel caso.

El corregidor dijo:

-Señor tiniente cura, este gitano y esta gitana son los que vuesa merced ha de desposar.

-Eso no podré yo hacer si no preceden primero las circunstancias que para tal caso se requieren. ¿Dónde se han hecho las amonestaciones? ¿A dónde está la licencia de mi superior, para que con ellas se haga el desposorio?

-Inadvertencia ha sido mía -respondió el corregidor-, pero yo haré que el vicario la dé.

-Pues hasta que la vea -respondió el tiniente cura-, estos

señores perdonen.

Y, sin replicar más palabra, porque no sucediese algún escándalo, se salió de casa y los dejó a todos confusos.

-El padre ha hecho muy bien -dijo a esta sazón el corregidor-, y podría ser fuese providencia del cielo ésta, para que el suplicio de Andrés se dilate; porque, en efeto, él se ha de desposar con Preciosa y han de preceder primero las amonestaciones, donde se dará tiempo al tiempo, que suele dar dulce salida a muchas amargas dificultades; y, con todo esto, quería saber de Andrés, si la suerte encaminase sus sucesos de manera que sin estos sustos y sobresaltos se hallase esposo de Preciosa, si se tendría por dichoso, ya siendo Andrés Caballero, o ya don Juan de Cárcamo.

Así como oyó Andrés nombrarse por su nombre, dijo:

-Pues Preciosa no ha querido contenerse en los límites del silencio y ha descubierto quién soy, aunque esa buena dicha me hallara hecho monarca del mundo, la tuviera en tanto que pusiera término a mis deseos, sin osar desear otro bien sino el del cielo.

-Pues, por ese buen ánimo que habéis mostrado, señor don Juan de Cárcamo, a su tiempo haré que Preciosa sea vuestra legítima consorte, y agora os la doy y entrego en esperanza por la más rica joya de mi casa, y de mi vida; y de mi alma; y estimadla en lo que decís, porque en ella os doy a doña Costanza de Meneses, mi única hija, la cual, si os iguala en el amor, no os desdice nada en el linaje.

Atónito quedó Andrés viendo el amor que le mostraban,

y en breves razones doña Guiomar contó la pérdida de su hija y su hallazgo, con las certísimas señas que la gitana vieja había dado de su hurto; con que acabó don Juan de quedar atónito y suspenso, pero alegre sobre todo encarecimiento. Abrazó a sus suegros, llamólos padres y señores suyos, besó las manos a Preciosa, que con lágrimas le pedía las suyas.

Rompióse el secreto, salió la nueva del caso con la salida de los criados que habían estado presentes; el cual sabido por el alcalde, tío del muerto, vio tomados los caminos de su venganza, pues no había de tener lugar el rigor de la justicia para ejecutarla en el yerno del corregidor.

Vistióse don Juan los vestidos de camino que allí había traído la gitana; volviéronse las prisiones y cadenas de hierro en libertad y cadenas de oro; la tristeza de los gitanos presos, en alegría, pues otro día los dieron en fiado. Recibió el tío del muerto la promesa de dos mil ducados, que le hicieron porque bajase de la querella y perdonase a don Juan, el cual, no olvidándose de su camarada Clemente, le hizo buscar; pero no le hallaron ni supieron dél, hasta que desde allí a cuatro días tuvo nuevas ciertas que se había embarcado en una de dos galeras de Génova que estaban en el puerto de Cartagena, y ya se habían partido.

Dijo el corregidor a don Juan que tenía por nueva cierta que su padre, don Francisco de Cárcamo, estaba proveído por corregidor de aquella ciudad, y que sería bien esperalle, para que con su beneplácito y consentimiento se hiciesen las bodas. Don Juan dijo que no saldría de lo que él ordenase, pero que, ante todas cosas, se había de desposar con Preciosa. Concedió licencia el arzobispo para que con sola una amonestación se hiciese. Hizo fiestas la ciudad, por ser muy bienquisto el corregidor, con luminarias, toros y cañas el día del desposorio; quedóse la gitana vieja en casa, que no se quiso apartar de su nieta Preciosa.

Llegaron las nuevas a la Corte del caso y casamiento de la gitanilla; supo don Francisco de Cárcamo ser su hijo el gitano y ser la Preciosa la gitanilla que él había visto, cuya hermosura disculpó con él la liviandad de su hijo, que ya le tenía por perdido, por saber que no había ido a Flandes; y más, porque vio cuán bien le estaba el casarse con hija de tan gran caballero y tan rico como era don Fernando de Azevedo. Dio priesa a su partida, por llegar presto a ver a sus hijos, y dentro de veinte días ya estaba en Murcia, con cuya llegada se renovaron los gustos, se hicieron las bodas, se contaron las vidas, y los poetas de la ciudad, que hay algunos, y muy buenos, tomaron a cargo celebrar el estraño caso, juntamente con la sin igual belleza de la gitanilla. Y de tal manera escribió el famoso licenciado Pozo, que en sus versos durará la fama de la Preciosa mientras los siglos duraren.

Olvidábaseme de decir cómo la enamorada mesonera descubrió a la justicia no ser verdad lo del hurto de Andrés el gitano, y confesó su amor y su culpa, a quien no respondió pena alguna, porque en la alegría del hallazgo de los desposados se enterró la venganza y resucitó la clemencia.

Fin de La Gitanilla

Made in the USA
Monee, IL
06 June 2022